좋은날 밝았으니

좋은날 밝았으니

초판 1쇄 인쇄일 _ 2008년 6월 20일
초판 1쇄 발행일 _ 2008년 6월 28일

지은이 _ 조한용
그린이 _ 조혜상
펴낸이 _ 최길주

펴낸곳 _ 도서출판 BG북갤러리
등록일자 _ 2003년 11월 5일(제318-2003-00130호)
주소 _ 서울시 영등포구 여의도동 14-5 아크로폴리스 406호
전화 _ 02)761-7005(代) ㅣ 팩스 _ 02)761-7995
홈페이지 _ http://www.bookgallery.co.kr
E-mail _ cgjpower@yahoo.co.kr

값 10,000원

ISBN 978-89-91177-60-4 03810

실버북 갤러리 5 SliverBook Gallery

좋은 님 너나들이 시(詩)와 수필집

좋은날 밝았으니

| 월송 조한용 지음 |

BG 북갤러리

◀ 올해의 인간 승리상
수상식 장면

올해의 인간 승리
상 수상식 장면

▲ 당시는 어머님 건강하실 때 모시고
  가족과 함께 참석했습니다.

▶ 김재순(金在淳) 국회의장께서 시상 후
  격려하시는 장면

1984년 초가을 어느 날 내가 병석에서 신음하고 있을 때 한문학자이며 서예가

이신 이도희(李道熙) 선생이 병문안을 왔었다. 나와는 고등학교 동기동창이고

가끔 만나면 기탄없이 소주잔을 부딪치는 막역한 친구였는데, 그날은 그도 못

하니 '번데기 앞에서 주름 잡는다' 고 빈천한 한문 실력으로 내 신세 한탄을 위

의 열 글자 한시로 적어서 보여주니 이 선생이 즉석에서 들고 온 가방에서 지

필묵(紙筆墨)을 꺼내어 일필휘지(一筆揮之)로 쓰고 낙인까지 찍어준 것이다.

病 馬 難 十 步 / 병든 말은 열 걸음 걷기도 어렵지만은

병 마 난 십 보

其 心 千 里 走 / 그의 마음만은 천리를 달려가고 있다.

기 심 천 리 수

병든 말(馬)도 마구간은 지킨다는데 지지리도 못난 이놈은 제 집이나 제대로

지키며 70평생을 살아온 건지 내 주먹으로 내 가슴을 천 번, 만 번 쳤으니 무

디고 무딘 칼로 가슴을 도려내어 멍든 핏빛이라도 보고 싶구나.

거처 가는 길목에

어느 바보란 놈이 산에 올라서 "물, 물" 하고 "강, 강" 한다더니 이 지지리도 못난 놈이 여기가 어디라고 감히 책(冊)을 들고 나왔네요.

그러나 너무 책(責)하지 마십시오.

절뚝절뚝 비틀비틀 쓰러질듯, 말듯 괴로운 나날들을 살아오면서 정 견디기 어려운 순간에는 진통제 먹듯이 지, 필을 삼켜서 몇몇 잡지에 실렸던 졸작들과 집필했지만 쓰레기통에 버리기는 아까워서 책갈피 속에 넣어두었던 시(詩)인지 넋두리인지 몇 편을 골라서 묶었습니다.

부끄럽지만 그래도 '너나들이' 하는 마음으로 읽어주시고, 빌려드리고, 읽혀주십시오.

'너나들이'는 네 마음속에 내가 들어가고 내 마음속에 네가 들어온 순수한 우리말입니다. 너무 친하고 너무 사랑하여 우리 모두 하나가 된다는 아름다운 용어이지요.

이 못난이를 사랑해 주시고, 격려해 주시고 용기를 북돋아 주시던 가족, 친척, 친지, 동기 여러분의 은혜에 돈수백배(頓首百拜) 하오며 그분들의 마음속에 천 번이고, 만 번이고 밤을 낮 삼아 들어가 보고 싶습니다. 여러분들도 이 졸작 묶음을 징검다리삼아 저의 마음속에 들어와 보시지 않으시렵니까?

쓰지 못할 나무는 불쏘시개라도 하지, 천지간에 아무짝에도 못쓸 불구자 이 몸을 그래도 자식이라고 애지중지 길러주시고 손발이 다 닳도록 고생하신 나의 어머님께 그 은혜의 만분의 일이라도 보답할 수만 있다면 이 몸에 남은 피라도 모두 짜내어 바치고 싶습니다. 또한 이 못난 병신자식의 효도도 못 받으시고 일찍 작고하신 아버님의 영전에 이 졸작을 바치나이다. 살아계셨다면 이 못난 아들을 등에 업고 덩실덩실 춤이라도 추셨을 텐데….

이 조그만 졸작들 중 다만 한 페이지, 아니 다만 한 줄이라도 독자로 하여금 깨닫고 느끼는 바가 있었다면 더 없는 영광으로 생각하며, 이 힘으로 남은 날들을 살아가는 활력소로 삼으렵니다.

연하여 폐지(廢紙) 속에 묻혀버릴 졸작들을 소중히 모으고 동분서주 고생하며 출판을 준비하여 한 권의 책으로 빛을 보게 하여준 보석 같은 세 자매 내 딸들과 사위들, 그리고 바쁜 직장생활 속에서도 이 책의 삽화를 정성껏 그려준 내 셋째 동생의 장녀인 조카딸 조혜상(趙惠相) 양에게도 이 자리를 빌려서 심심한 감사의 말씀을 전하는 바입니다.

끝으로 베스트셀러와는 전혀 거리가 먼 이 작품의 출간을 기꺼이 맡아서 편집, 교정, 장정 등 갖은 노력을 경주해 주신 도서출판 '북갤러리' 최길주 사장님과 직원 여러분의 노고에 다시 한번 머리 숙여 감사드리나이다.

2008년 4월 어느 날
春光이 눈부신 창가에서
조 한 용

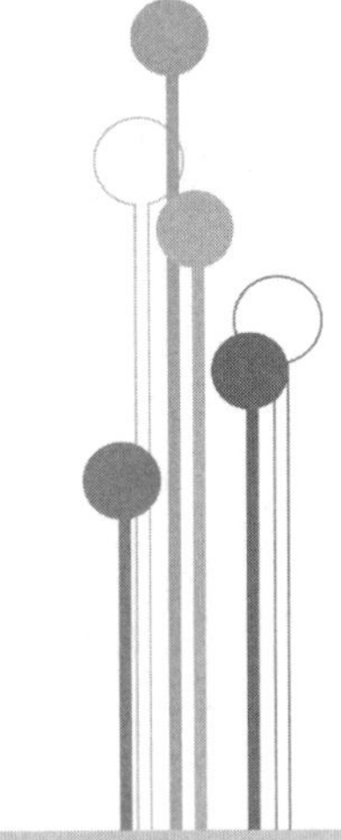

3부 | 보은(報恩)의 집

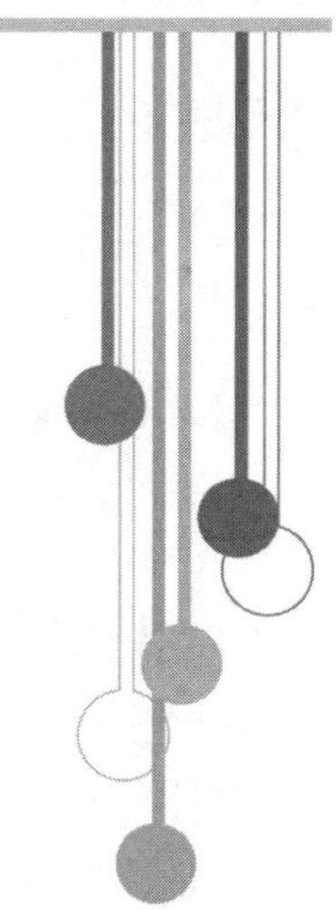

4부 | **유언장**

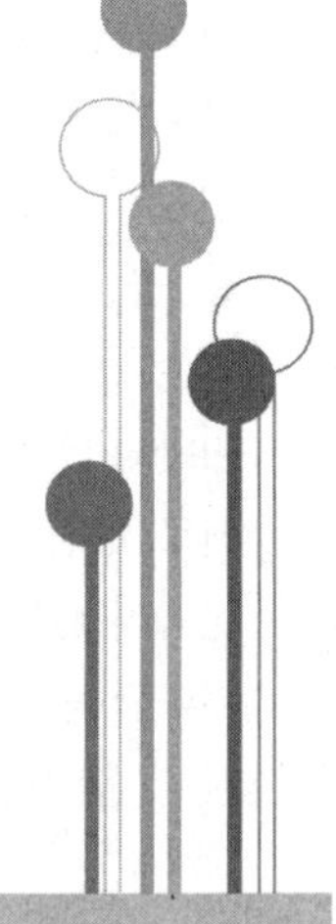

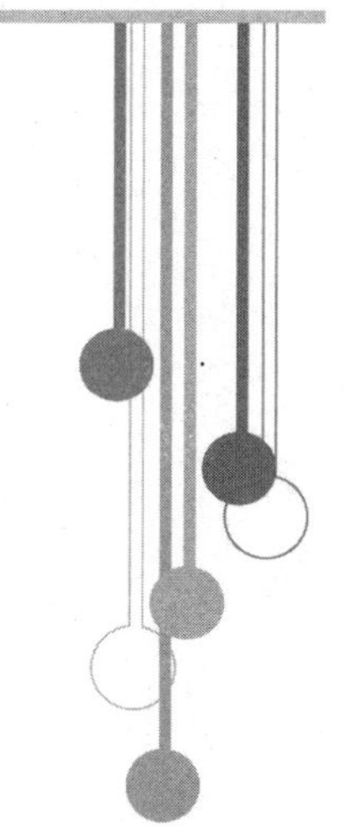

Nice Day

1부 | 인생 퇴학(人生 退學)

인생 퇴학(人生 退學)

"발가락 먼저 나왔수다. 잡아 빼야 되겠어요! 애 애미까지 죽어요!"

"그러믄 둘 다 죽어! 둘 다! 아이구 어쩌지, 삼신할머니 살려주소서. 삼신할머니…."

아버지는 산모가 정신을 잃어가는 [illegible] 들이대니고 이 있고, 외할머니는 그런 사위를 막으며 두 손 모아 큰절만을 계속하였다. 사흘 한나절을 나대던 어머니의 자궁에서 나는 발가락 먼저 나오기 시작하였고, 또 몇 시간만에 겨우 허리까지만 나온 채 걸려서 꼼짝도 않는 것이었다.

"아이구, 이걸 어쩌지! 어째서 까꾸로 나올까? 잉 어째서…."

"저리 비켜요! 사람을 살리구 봐야지. 에잇!"

아버지는 외할머니를 밀어젖히고 방으로 들어와 핏덩이를 무지막지하게 잡아 뺀 것이었다. 태(胎)는 외할머니 손으로 잘랐으나 이미 어린 생명은 생명이 끊어져 있었다. 산모도 정신을 잃은 채 겨우 실낱같은 숨결만 붙어 있었다.

아버지께서는 삽을 들고 집 뒷동리 둑방에 있는 키 큰 미루나무 밑을 삽 한 자루 깊이나 팠다.

"아들이면 뭘 해여. 이놈이 미루나무 거름이나 될려구 태어났는감…. 흐흑…."

아버지의 눈에서도 주먹 같은 눈물방울이 파놓은 구덩이를 채울 듯하였다.

"안돼유! 내 애기는! 내 애기는…."

아버지께서 이미 시체인 핏덩이를 갖다 묻으려고 방에 왔을 때 정신을 잃은 줄 알았던 어머니는 핏덩이를 끌어안은 채 비명을 지르고 다시 정신을 잃었다. 핏덩이 시체를 빼앗으려 했으나 그 힘이 쇳덩이 같았다.

"그, 그냥 좀 더 기다려 보세…. 혹시 살아나려나…."

그 후 꼬박 이틀, 48시간만에 나는 실낱같은 울음을 울기 시작하였고 물을 한 방울씩 받아 삼키기 시작하였다고 한다.

그러나 누가 인간의 생명은 존귀한 것이라고 말하였는가? 아니 할 말로 이것은 그냥 미루나무 거름이나 되고 말 것을…. 이 생명을 살려내신 내 어머님이 원망스런 적이 한두 번이 아니었다.

애미 키를 먹고 자란 놈

"그냥 살아나면 자식이고, 뒈지면 갖다 묻는 거지…. 그래서 안적 면적(출생신고)도 안했구먼…."

아버지가 이렇게 말씀하실 적마다 어머니께서는 나를 안고 끝없는 눈물을 흘리셨다고 한다.

"늦게 되는 수도 있다지 않아요. 병신자식 소도(효도) 본다는디….빈말이라도 그리 마시요!"

아홉 살에 난 안성군 보개면에 있는 보개초등학교에 입학하였으나 겨우 돌배기 걸음마 수준인 반신불수 뇌성마비 환자인 불구자가 이십 리가 넘는 학교를 다닌다는 것은 까마득한 일이었다.

아버지의 지게에 얹혀서 반년을 다닌 그 학교 길은 어느 한 많은 인생의 몇 평생보다 길고 긴 세월이었다.

참다못하신 아버지께서는 결혼 십 년 동안 갖은 고생을 다해가며 장만했던 초가삼간과 논, 밭 몇 마지기를 몽땅 헐값에 팔아가지고 서울행을 결심하셨다.

"내 서울 가서 이 자식을 사람을 맹글던가, 안 되면 내 손으로 한강에 쳐넣고 말겨!"

(그때시 내 이름도 한정의 용이 꾀디고 린 ㅣ 린(漢)제, 용 용(龍)제기고 지으셨다.)

청량리 밖, 용하다는 침집을 3년이나 다녔는데 새벽 5시 첫 전차를 타고 가서 번호표를 받으면 오후 5, 6시나 되어야 맞고 온 몸에 수백 개의 침을 꽂아놓고 두 시간 이상을 누워 있어야 하는 글자 그대로 담금질이었다. 파김치가 되어 엄마 등에 업혀 오면 3, 4일씩은 꼼짝 못하고 앓았다.

어머니의 키를 자식이 잘라먹었다면 무슨 뜻인지 이해하기 어렵겠지만 나는 우리 엄마의 키를 잘라먹고 산 놈이다. 우리 어머니는 지금 76세. 겨우 150센티미터의 단구이신데 16세의 어린 나이에 시집 오서서 19세에 나를 낳으시고 이 고깃덩이를 사람 만드느라고 못자란 것이 분명하다. 장장 60년 가까이 안고, 업고 수천 리를 헤매셨으니.

혼자 자전거 한번 타볼래?

어머니 등에 업히거나 아버지 자전거 짐 판에 실려서 다닌 초등학교는 9년 만에 졸업할 수 있었다.

그 당시는 중학교 입학시험에 신체검사가 얼마나 심했는지 2년간 전·후기 야간 보결생 모집까지 일곱 번이나 중학교 시험을 치렀으나 번번이 신체검사에서 빨간 글씨로 '불가' 였다. 전 재산을 신설 중학교에 설립자금으로 희사(?)하고 겨우 중학교 모자를 쓸 수 있었고, 잘 걷지 못하기 때문에 우리 집은 학교 뒷담에 붙은 집에서 셋방살이를 해야 했다.

새로 짓는 중인 이 중학교는 화장실이 얼마나 먼지 10분간인 휴식 시간에 나는 도저히 화장실에 다녀올 수가 없어서 교실 뒷벽에 몰래 실례를 하곤 했는데, 한번은 한문 선생님인 유용준(兪容俊) 선생님께 들켰다.

"너 이놈, 지금도 교실이 큰데 더 크라고 교실에 거름을 줬냐? 이 주전자로 물을 길어다가 깨끗이 닦아라. 다섯 번 닦아야 한다. 안하면 네 놈을 퇴학시키고 말겠다."

물주전자는 보통 크기가 아니고 한 말들이(10리터) 대형이었다. 수돗가도 교실과는 1킬로미터나 떨어졌으니 그날 하루 종일 밤늦게까지 피눈물과 땀으로 범벅이 되며 겨우 세 번을 끝낼 수 있었다.

그러나 그날, 체벌이 내 일생의 새 지평을 여는 계기가 되었으니, 유용준 선생님은 내 평생의 은인이시고 우리 집안의 구세주이셨다.

일주일을 꼼짝 못하고 앓고 있는데 유 선생님께서 한약 두 첩을 지어 가지고 가정방문을 오셨고, 환갑이신 선생님이 어린애처럼 우시며 나를 안고 하룻밤 주무시고 다음날 아침 나를 업고 학교에 가셨다.

그런데 바로 이날 국어사전에 글자로만 있는 것인 줄 알았던 기적, 그래 바로 그 기적이 일어난 것이다.

유 선생님은 학교에서 세 정거장 떨어진 산동리에서 자전거로 통근을 하셨는데 그날 하루 종일 별 시설도 안 된 양호실에 누워있던 나를 억지로 자전거에 태우시고 운동장을 두 바퀴 돌고나서는 말씀하시는 것이다.

"조한용! 너도 혼자 자전거 한번 타볼래?"

"아이구…. 제, 제가 어떻게…, 걷지도 잘 못하는데…."

"이런 바보 같은 놈이 있나! 이놈아, 잘 걷지 못하니까 자전거를 타야지! 자전거가 가지 네가 가는 건 아니지 않아! 타봐라! 만약 자전거도 못타면 너를 정말 퇴학시킬 테다. 이놈!"

선생님은 내 볼을 꼬집으시며 무섭게 호령하셨다.

"퇴, 퇴학이요? 그, 그런 법이 어디 있어요 선생님…."

"그런 법이 여기 있다. 너같이 아무것도 안 된다고만 생각하는 놈은 학교에도 다닐 필요가 없지! 결국은 장래에 아무것도 안될 테니까."

선생님은 나를 자전거 안장에 앉히고 양발을 자전거 페달에 줄로 꽁꽁 묶으셨다. 자전거를 붙잡고 얼마를 땀 흘리며 미시던 선생님은 자전거를 놓으시며 소리치셨다.

"조한용! 핸들을 잘 틀어라! 이 자전거도 못타고 쓰러지면 학교뿐이 아니라 네 인생도 퇴학이다!"

'인생 퇴학.' 죽어야 된다는 말씀이었는데, 어떻게 죽습니까? 우리 부모님의 고생이 너무 억울하고, 선생님의 은혜는 또 누가 갚으라고….

나는 죽지 않으려고 기적을 만들어, 그날 선생님의 자전거로 시작한 인생길을 힘차게 달렸다. 때로는 험산준령도 만나고 뙤약볕에 비탈길,

자갈길, 헤어날 길 없는 수렁길, 캄캄하고 암담한 벽에 부딪쳐서 쓰러
질 뻔한 적도 한두 번이 아니었다.

영예로운 인생의 졸업장을 기다리며

그럴 때마다 유용준 선생님의 '인생 퇴학'을 생각하며 용기백배하
였다. 어린 5남매 동생들과 홀 어머님을 남기고 아버님께서 홀연 세상
을 하직하셨을 때도 나는 더욱 힘차게 페달을 밟으라는 채찍으로 알고
전신에 피가 마르도록 있는 힘을 다하였다.

나는 일생 동안 단 한 번도 누구에게 동정의 손을 벌려본 적은 없다.
그리고 국가나 사회단체에서 베푸는 장애자를 위한 혜택이라든지 장
애자 증명 같은 것은 단호히 거절하고 살아왔다. 내가 살아오는 동안
하고픈 일을 내가 장애자라서 못한다는 생각은 해본 적이 없다. 결단
코, 내 육신은 천형의 벌을 받고 태어난 소불구의 실수적인 것에서이지
만 정신이나 용기마저 장애자일수는 절대 없는 것이다.

나는 생업의 백화점이었다. 서점, 문방구, 세탁소, 쌀가게…. 도둑질
말고는 안 해본 장사가 없다. 동생들은 5남매 모두 대학을 졸업하고 결
혼하여 은행 차장, 조그만 기업체 사장, 유능한 사원, 회사 중역의 아내
로 잘들 산다. 또 나는 어린 손녀의 재롱을 보며 웃을 수 있으니 이제는
'인생 퇴학'이 아니고 영예의 '인생 졸업장'을 받을 날만 고대하며 살
아가고 있다.

(월간 〈샘터〉 1996년 5월호)

〈수상소감〉

'SOS! SOS…. 여기는 춥고 어두운 얼음장막 안입니다. 거기 지상에는 봄이 오고 있지요? 봄소식을 전해주오. 한 옴큼의 은은한 매화 향기라도 타전해주오….'

수없이 애원하여도 냉정하게 묵묵부답이더니 드디어 어젯밤 월간 〈샘터〉사에서 상큼한 봄소식이 한 양동이나 배달되어 왔군요. 남들처럼 신춘문예 당선, 또는 고시 패스나 세상이 깜짝 놀랄 발명 특허를 득한 것도 아니고 지지리도 못난 병신노릇 한평생을 200매도, 2,000매도 아닌 겨우 20매의 원고지에 적어내고 당선이라니…. 그러나 이것은 조그만 시작에 불과합니다. 주저앉고, 쓰러지고, 나뒹굴며 살아왔던 지난날의 그 암울한 장막이 서서히 걷히며 한 줄기의 서광이 비치고 있는 것이라고 생각됩니다. 맨발로 절뚝거리며 온 발에 피범벅이 되도록 달려왔는데 이제 기진맥진한 석양의 언덕에서 새 '짚세기' 한 켤레를 얻어 신었으니 용기천배하여 더 열심히, 더 힘차게 달려가렵니다. 저 밝은 태양을 향하여!

조한용

〈가려 뽑고 나서〉

예심을 거친 열한 편의 수기는 그 하나하나가 모두 인간 승리의 장한 기록으로 그 우열을 가린다는 일이 결코 쉽지 않았습니다. 그러나 수기로서의 어느 정도 골격을 갖춘 것 중에서 체험의 밀도, 역경 극복의 그 의지와 지혜 등을 선별의 기준으로 삼아 다음 작품들을 골랐습니다.

1. 〈인생 퇴학〉(조한용) : 결코 예사롭지 않은 출생. 절망을 희망의 징검다리로 삼게 만들어준 한문선생님과의 만남을 자기 인생의 전기로 삼은 그 기록이 읽는 이들을 사로잡을 것입니다. 특히 불가능은 없다는 것을 증명해 보인 글쓴이의 자기 객관화 내지 인생관조적 마음의 여유 또한 매우 인상적입니다.

2. 〈새벽찬가〉(이선구) : 잠은 무덤에서 자는 것만으로도 충분하다는 생각으로 평생을 살아온 50대 주부의 근면과 그 성실성 앞에 머리가 숙여집니다. 새벽의 우유배달을 건강의 비결로 삼는 글쓴이의 정신이야말로 새벽 공기처럼 신선합니다.

3. 〈햇빛 가득한 곳을 향하여〉(김경연) : 비록 가난한 생활을 하지만 그 어떤 삶보다 값지고 아름다운 삶을 꾸려가는 우리들 주변을 새삼 생각하게 하는 좋은 내용입니다. 별로 떳떳하지 못한 인생을 사는 남편을 교화시켜 참된 인생을 엮어나가는 글쓴이의 그 옹골찬 사랑은 정말 인상적입니다.

– 뽑은 이 : 전상국(소설가) / 김형영(시인)

좋은날 밝았으니

모두들 웃으며
모였습니다
좋은날 밝았으니
사랑하자고
모두들 노래하며
모였습니다
좋은날 밝았으니 춤을 추자고

마주 보고 웃는 것은
바로 사랑인데
인사하고 손잡고
노래하는 좋은 임
역사를 지키는 파수꾼이요
밝아오는 좋은날
우리 모두 모여서 태양을 향합시다

괴로움은 쫓아내고
슬픔은 밀어내어
기쁨, 사랑, 희망, 행복
모두 모아 나열하고

하루 같은 백년을 백년 같은 하루를
내일도, 모래도, 그보다 먼 날도
좋은날 밝히리니, 좋은날 밝히리니….

(2008년 3월 29일)

석양(夕陽)의 언덕에서

허이여, 허이여
벗님네들
내 손 한 번 잡아주오
여기는 황금빛 찬란한 태양이
서산을 넘으려는 찰나인
석양의 언덕이요
뜨거운 손 잡아주오

한걸음만
아니 반 발짝만 오르면
온갖 사랑과
희망이 넘쳐흐르는
지상천국 희망의 나라
왕좌보다 더 높은
꿈꾸는 정상인데

천 번도 더 미끄럼 타니
이제는 탈진하고 숨이 차서
눈물이요, 한숨뿐인데
석양이, 구름이, 바람이

나를 오라 부르네
허이야, 허이야
벗님네들 내 손 한 번 잡아주오.

(2007년 11월 27일)

낙엽 지는 날에도 태양은 빛나고 있었다

세찬 바람에
수많은 잎들이
수천만길 허공으로
날아 떨어지며 흐느꼈다
나무는 떠나는 자식과의
이별설어 울었고
그래도 태양은 그들의
등을 어루만지며 웃고 있었다

나무에게 말하노라
낙엽에게 이르노니
순간의 이별은
영원한 것이 아니고
더 큰 만남을 약속하는
서약식이니
오히려 기뻐하라
오히려 노래하라

이 조그만 이별들은
억겁을 지켜온 삼라만상이

어느 한 순서를
진행하고 있을 뿐이다
이 세상 모든 이별들이
재회를 전제한 것이니
낙엽 지는 날도
태양은 빛나고 있었다.

(2008년 3월 15일)

키다리 아저씨의 고민

지난주 나는 시내 S병원으로 키다리 아저씨(75)의 병문안을 갔다가 10만 원 권 수표 석 장을 아무도 모르게 그분의 병실 침대 모서리에 꽂아놓고 왔다. 이 돈은 벌써 45년 전 6·25 때 내가 그분네 밭에서 몰래 따 먹은 참외 값이다. 그분의 자손들이 모두 갑부 소리를 듣고 사시는데 병원비 걱정이 있을리 없으시고, 또 이런 돈을 받으시라고 내놓는다 해도 받으실리가 없었다. 그러나 한약 한 제 값도 못되는 그 돈을 그분에게 갚고 나니 얼마나 기분이 좋고 속이 후련한지 일주일 내내 싱글벙글이었다.

6·25 때 열두 살이었던 나는 충남의 큰집으로 가족을 따라 피난을 갔었는데, 큰집은 가난했고 키다리 아저씨 박구장네는 부자였다. 큰집 밭에 감자를 캐거나 호박을 따러 가려면 키다리 아저씨네 밭을 지나가게 되는데 그 양반네는 그 큰 밭에 참외, 오이, 수박을 심으셨었다. 고개를 딴 곳으로 돌리고 지나가려 해도 어느새 그놈의 개구리참외는 빙긋이

내 눈에 비쳤고, 얼마나 침이 넘어가던지 참지 못하고 한 개 따서 숲속으로 도망가서 몰래 먹던 일이 지금도 생생하다.

'바늘도둑이 소도둑 된다' 더니 얼마 후부터는 두 개, 혹은 세 개씩이나 어머니의 감자나 호박 광주리에 숨겨오곤 했었는데 그 후 이십 년도 훨씬 지난 어느 날, 키다리아저씨는 내 사무실에 들르셔서 이야기 끝에 이런 말씀을 하시는 것이다.

"허허허, 그때 내 키가 큰 것이 고민이었네…."

"아니 왜요? 아저씨 키가?"

"이 사람아, 생각해 보게. 자네 자당 키가 작으시니 이고 가시는 호박광주리에 섞여 있는 참외를 내가 못 봤겠는가. 허허허…."

"아이구 죄송합니다. 제가 꼭 그 참외 값 갚아 드릴렵니다."

"아니지 이 사람아, 그 사건은 벌써 공소시효가 훨씬 지났네, 허허허…. 어느새 이십 년도 넘었으니…. 그보다 그 참외를 먹고 큰 자네가 이처럼 자수성가했으니 나도 일조를 한 셈일세."

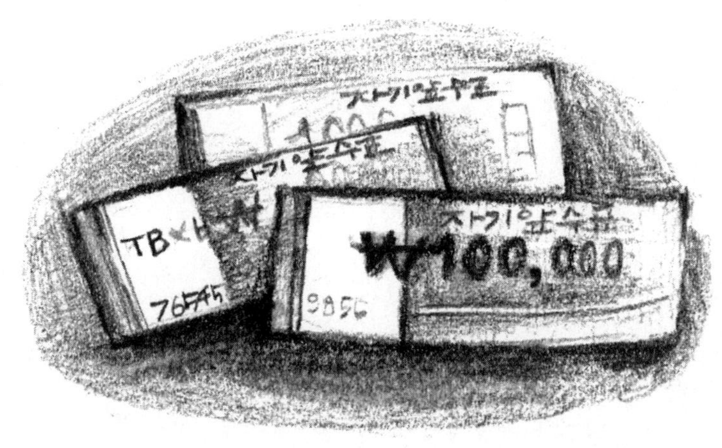

그분이 지금 위암이라는 병명으로 입원중이시니 45년 전 훔쳐 먹었던 참외 값을 기어이 갚아야 하겠다는 아집이었는가?

수천억이라는 천문학적인 금액을 꿀꺽하고도 허울 좋게 살아가는 사람들도 있는데 철없는 피난민 소년이 서리했던 몇 개의 참외가 45년이 넘도록 명치끝에 걸려있었던 것이다.

(월간 〈샘터〉 1996년 3월호)

초가을의 혼백

머~얼~리서
준비된 바람처럼
쉬지 않고 달려와서는
텅텅 비어있는
소라껍질 속에
고즈넉이
들어앉는다

너는 뉘니? 너는 뉘니?
물으려하면
내입 없이 싱긋이 웃으니
오래오래 살던
자기 집인양
슬며시 문 열고
들어앉는다.

(2006년 10월 5일 납골당 제전에서)

아버님 초상

머~얼~리서
달려오고 계신지요
아득히 달려가고
계신지요

눈감으면
인자하게 웃으시던
모습이
너무도 생생히
떠오릅니다

눈을 크게 떠도
눈이 깨질듯이 힘껏 감아도
무섭게 호령하시던
참 아버님의 모습이
너무도 생생히
망막에 박힙니다.

(2006년 10월 5일 납골당 제전에서)

※ 조석으로 제법 서늘한 바람이 옷깃을 여미게 하더니 어느새 추석이 10여 일 앞으로 다가왔다.

어째서 이맘때면 벌써 46년 전 젊은 나이에 세상을 하직하신 아버님의 모습이 망막을 가리는지….

지난 일요일 새벽에 홀로 성묫길에 나섰다. 시야에 온통 아버님의 모습이 아른거려서 운전을 할 수가 없기에 길가에 정차하고 대리운전을 불러서 달려갔다. 도착하여 재배를 올리기도 전에 "아버-지!" 하고 목이 터지도록 외쳐보았지만 아무런 대답도 없으시고 메아리만 온 산을 뒤흔들었다.

내 나이 2년 후면 고희(古稀)인데, 이 세상 누구에게 눈물을 보이겠는가.

아무도 모르게 실컷 흐느껴 울고 싶어서 이 새벽에 이곳을 찾아왔나 보다….

– 필사 노숨길 –

춤추는 계단

어젯밤 꿈에는
황금빛 찬란한,
아주 편안한
계단을 즐겁게
내려오고 있었습니다
노래하며 춤추며
가장 행복한 순간을…

새벽에 눈을 뜨니
어느새 그 계단은
검은색 콘크리트로
변해 있었습니다
완만에서 가파르게,
따스함에서 차갑게
어느 것이 참 이름인지…

다시 심호흡을 하고
사족에 힘을 불어넣어
두 눈을 크게 뜨고
계단을 오르기 시작해야 합니다

천길만길 상상봉에
행복의 열매를
따내기 위하여.

(2007년 9월 19일)

빈병의 철학

"이 영감, 미쳤나? 돈에 환장을 한 영감탱이지. 아, 그래 그만큼 벌어 모았으면 됐지, 뭐가 부족해서 여기서 이런 짓인가? 챙피하게…. 쯧쯧쯧."

복덕방 이덕성 옹(72세)이 정릉유원지 입구에서 빈병 수집상(?)을 차린 것을 동네 친구들이 지나며 비웃는 소리였다.

"허허허…. 미치긴 미쳤지, 내가…. 그런데 돈에 미친 게 아니고 철학에 미쳤네. 빈병의 철학…. 허허허…."

"어쭈, 빈병의 철학이라?…. 그래 들어나 보세. 그깟 놈의 빈병에 무슨 놈의 철학이 있나?"

"허허허, 그래 들어 보려나…."

이덕성 옹이 빈병 수집광이 된 것은 3년 전 여름철부터였다.

큰아들 가족이 정릉유원지에 놀러 갔다가 큰 손주 놈이 깨진 유리병에 발바닥을 크게 다치고 난 후부터, 이 옹은 날마다 이 골짜기를 헤매며 빈병을 주워 모으기 시작하였다.

하루 한 푸대 혹은 두세 푸대씩 주워 모으는 빈병이 정릉유원지 옆에 위치한 80여 평 그의 집 마당에 산더미같이 쌓여 갔다. 비가 오나 눈이 오나 날마다 나가서 걸어 들이며 1년을 모으니 대형트럭으로 두 대분이 훨씬 넘었고, 그 병을 실어 내어 판 돈이 2백만 원이 넘었다.

"허허, 이 돈은 거저 번 돈이니 조기축구회에 내놓겠다구."

조기축구회 젊은이들은 눈물을 글썽이며 고마워하였다. 이 돈으로 학교운동장을 보수하고 운동복을 사 입은 젊은이들에게 이 옹은 이런 말을 하였다.

"음료수고, 맥주고 먹고 마시고는 아무 데나 집어던지는 이 빈병들을 주워 모아 이 빈병 속에 뭔가 한 가득씩 담아 볼 것이 있다고 생각했네."

"네, 뭘 담는데요? 그 병 속에….""

"혹시 무슨 음료수 공장이라도 차리려고 하시나요?"

"아니지, 그보다 훨씬 비싸고 보람 있는 사랑을 담아야지 사랑을…. 이웃 사랑, 나라 사랑…. 내 몸이 너무 늙어서 하루 산에 오르면 이틀, 사흘씩 앓아 누우니…. 하는 수 없이 이렇게 빈병 수

집상을 차리지 않았나, 허허허. 이번에 파는 병 값은 우리 동네 청소년 가장들에게 나누어 줄 작정이네, 허허허…."

허탈하게 웃어젖히는 이덕성 옹의 웃음소리가 파란 하늘에 메아리
처럼 날아오르고 있었다.

(1992년 10월, 아산 사회복지사업재단 〈사랑을 실천하는 사람들〉 등재)

아내여!

아내가 환갑인 61세를 일기로 먼저 세상을 하직한지도 어언 2년이 되어간다.

내가 아무리 애처가라 해도 요즈음까지도 눈물을 흘린다면 좀 모자라 사람일 것이다

그런데 금년에 다섯 살인 막내 외손자 놈이 저의 외할머니를 그리워하는 때 늦은 통곡에 나도 모르게 눈물을 흘리게 된다.

지난 일요일에도 세 딸에, 두 사위 그리고 손자손녀 넷까지 온 가족이 모였을 때였다. 날도 궂은데 어디로 식사하러 나가느니 자장면을 시켜먹기로 하였다.

두 딸들이 아이들 먹일 자장면을 그릇에 나누고 아이들은 덤으로 온 만두를 먹는다고 떠들썩하였는데 정작 자장면을 먹으려니 상위에 놓았던 단무지 접시가 두 개 다 없어진 것이었다.

"엄마, 단무지 어디 있어? 단무지 줘."

손자놈들이 입에 자장면을 묻힌 채 단무지 달라고 아우성이었다.

"어…. 단무지가 다 어디로 갔니…. 분명히 여기 놨는데…."

모두들 단무지 접시를 찾느라 상 밑을 들여다보기도 하고 온 집안을 둘러보며 한동안 수선이었다.

한참 후에서야 단무지 접시 두 개는 막내 손자인 종재(鍾載)란 놈이 들고 안방 외할머니 사진 앞에 갖다놓고 앉아있는 것이었다.

제 형들이나 엄마, 이모, 애비까지 아무리 야단치고 달래도 "아니야! 이건 할머니 먹을 거야!" 하고 근처에도 못 오게 하였다.

"종재야, 할머니는 하늘나라에 가셔서 단무지 못 잡수셔…. 아이, 착하지. 이거 형들 주자…. 응?"

제 어미가 단무지 접시를 들고 나오자 종재는 그 자리에 벌렁 드러누우며 "안 돼! 안 돼! 할머니 먹을 거야…. 할머니…. 앙…. 앙…. 앙…" 하고 대성통곡을 하는 것이었다.

그 울음소리가 얼마나 큰지 온 집안을 떠나갈 듯하였고, 아무리 달래도 그치려하지 않고 온 방 안을 구르며 끝없이 울어대는 것이었다.

나는 하는 수 없이 동리 자장면 집으로 달려가 단무지 두 접시를 더 얻어다 주고서야 겨우 달랠 수가 있었다. 녀석을 겨우 달래어 제 어미가 데리고 나와서 자장면을 먹이는 동안 나는 아내의 사진 앞에서 그 단무지 두 접시를 우걱우걱 씹어 먹으며 주책없이 흐르는 눈물을 남몰래 닦아야 했다.

'…그래, 네 할미가 단무지를 좋아하긴 했었지…. 한 번도 남긴 적은 없었어….'

그날 저녁은 동네 갈비집에서 식사를 했는데 식당에서 종재가 또 한 번 난리를 쳐서 진땀을 뺐다. 이번에는 바로 앞자리에서 가족과 식사를 하시는 어느 할머니의 원피스 때문이었다.

하늘색 바탕에 흰줄무늬가 쳐진 원피스였는데 아내가 저 세상 가기 전까지 입었던 것과 같은 모양이었다.

제 어미가 먹여주는 고기 몇 점을 받아먹던 놈이 벌떡 일어서서 할머니에게 달려가서는 원피스 자락을 움켜쥐고 "이 옷 주세요! 이거 우리 할머니 옷이에요. 빨리 주세요!"

우리 가족 모두는 무안해서 어쩔 줄 몰랐으며, 놈이 아무리 달래도 통곡을 그치지 않아서 앞 동리에 사시는 할머니 댁까지 따라가서 그 원피스를 빌려오고서야 종재를 잠재울 수 있었다.

(2004년 7월 17일, 월간 〈좋은생각〉 2004년 10월호)

빛과 길

어허…
거기 빛이 있었네
오색영롱한 빛들이
그러나 젊은이들이여
빛을 고를 줄 아소서
그 찬란한 빛들이
모두 내 앞길을
비춰준다고 오산하지 마시오

빛은 빛인데
허망이 있어요
내 빛을 찾으소서
내 평생 따라갈
빛을 찾으소서

아하…
거기 길이 있었네
천 갈래 만 갈래
어지럽게 누워있는
길들 중에

과연 내가 갈 길이
어느 길인지
눈 크게 뜨고
찾아보소서
숨죽이고
내 길,
진정한 내 길을
만나 보서소.

(2007년 7월 30일)

사랑 한 줌, 희망 한 줌

누군가 나에게
왜 사느냐고 묻는다면
내 가슴 한 구석에
아주 따스한
사랑이 한 줌
남아있다고
대답하려오

어느 분이 저에게
왜 웃느냐고
질문하신다면
저 넓은 하늘
한 구석에
태양보다 찬란한
희망 한 줌이
자리하고 있다고
대답하려오.

(2007년 9월 23일)

2부 | 집과 바꾼 중학교 입학

아버지의 해열제

아득한 58년 전 6·25전쟁이 나던 해라 기억된다. 당시 나는 12살이었다. 부모님과 충남 천안군 성환면 큰댁으로 피난을 갔었는데 보릿고개라 보리밥도 못 먹고 감자나 호박으로 연명하며 겨우겨우 살아갔지만, 그보다 더 무서운 것은 성난 홍수처럼 몰려드는 '장디푸스(징디푸스)'라는 유행성 전염병이었다.

앞마을, 뒷마을 합쳐서 100여 호 대촌이라는 이 동리에 줄잡아 60, 70명의 어린이들이 아무런 치료도 받지 못하고 40도가 넘는 심한 열병으로 허덕이고 있었다.

어제는 누구네 집 아들 ○○가 죽었고, 오늘은 누구네 집 딸 누가 죽었다는 소문이 꼬리를 이었으며, 날마다 집집마다 통곡소리 그치지 않았고 온 동리가 커다란 초상집으로 변해가고 있었다.

환아(患兒)의 부모님들은 밭 매던 손이나 모 심던 발에 신짝도 못 신고 맨발로 자식을 들쳐 업고 이십 리(8Km) 밖 읍내 병원으로 달려갔지만 겨우 한두 곳 조그만 병원마다 인산인해를 이루어 아우성쳤으며, 자식을 들쳐 업거나 안은 부모님들의 행렬이 20, 30미터씩 장사진을 이루었다. 그리고 더욱 가슴 치게 안타까운 것은 병원 문 앞에서 병원에 들어가 보지도 못하고 숨을 거두는 어린 생명들이었다.

이 행렬 중간쯤에는 하루 종일 악을 쓰며 울어대는 젖먹이 아들과 색색 잠든 4살배기 딸을 안은 30대 여인은 바로 나의 어머니 이성희(李聖姬) 여사였다.

사흘 밤낮을 밥 한술도 못 뜨고 맹물로 연명한 어머님은 그래도 등에서 울어대는 내 동생의 입에는 찐 감자를 씹어서 넣어주었고, 4살짜리 여동생의 손에도 보리 개떡이 들려있었다.

그 시각은 우리 집 삼남매가 모두 장질부사에 걸려 신음하고 있을 때였다. 백일 지난지 얼마 안 된 막내가 먼저 걸려서 몇 번이나 숨이 끊어졌다가 살아나기는 했지만, 시오리 밖 어느 동리의 돌팔이 의사에게 주사를 맞힌 것이 주사 자리에 덧이 나서 밤낮 10여 일을 그치지 않고 울어대니 정신을 못 차릴 지경이었다. 그리고 네 살짜리 여동생은, 낮에는 덜한 듯하여 한시름 놓았다가 밤만 되면 온몸이 불덩이가 되어 숨이 끊어질 듯 울어대었다. 나 역시 낮에는 친구들과 잘 놀다가도 밤이면 숨이 넘어갈 듯 가쁜 숨을 몰아쉬고 정신을 잃었다고 한다.

삼일 후 견디다 못한 어머니는 어린동생 남매를 업고, 안고 30리 밖 친정으로 사약이라도 써본다고 가시고, 아버지는 숨이 넘어갈 듯 가쁜 숨만 몰아쉬는 이 장남을 안고 뜬눈으로 밤을 새웠는데 날이 훤히 새는 새벽녘에 "으액!" 하고 숨이 끊어지더란다.

"아들아!! 한용아! 정신 차려!… 에잇!… 으윽!!…"

아버지는 왼손 명지 손가락을 어금니로 으지직 깨물었다. 꽤 큰 살

첨이 입 안에 돌았다.

그 손가락을 아들의 입에 넣었지만 피는 나오지 않았다.

"어! 어째서 피가 안 나오지…. 피가…."

아버지는 오른손 주먹으로 왼쪽 팔을 수없이 내려치고 어깻죽지부터 수없이 훑어 내렸다. 아버지의 이마에서는 땀방울이 맺혀 흘렀다. 이렇게 하기를 얼마나 지났을까, 날이 훤히 샐 무렵에는 손가락에서 피가 한 방울씩 아들의 목으로 넘어가고 있었다.

"하, 한용아…. 살아야지…."

기적이었다. 얼마 후부터는 아들이 실낱같은 숨을 쉬기 시작하지 않는가!

"한용아! 살았다…. 으, 흐흐흐…."

아버지는 기쁨에 흐느끼며 아들을 힘차게 부여안았다.

태양이 창문에 비칠 때 아들은 부스스 눈을 뜨고 아버지 얼굴을 바라보며 빙그레 웃고 있었다.

(2008년 3월 15일)

먼저 간 세월에게

언제 왔느냐고 물으면
대답 없이 앞장서
달음질치는 세월에게
나는 멍하니 서서
손사래 쳐 배웅한다

냉정히 앞장서는
세월이 원망스럽지만
나는 그를 잊은 서러움에
강물처럼 흐르는 눈물은
닦으려도 못한다

뒤도 돌아보지 않고
도망치듯 달려간 세월에게
나 홀로 여기 서서
피 눈물 쏟으며 발을 동동
세월아! 묻노니 언제 다시 오느냐고….

(2006년 2월 23일)

집과 바꾼 중학교 입학

소아마비 장애인이었던 나는 어머니 등에 업히거나 아버지 자전거에 실려 초등학교를 다닌 끝에 9년 만에 졸업했다. 그러나 중학교 입학 시험에서는 1차, 2차, 야간 모집까지 일곱 번이나 응시했지만 번번이 신체검사에서 떨어졌다. 부모님은 몸이 성치 않으니 더욱 가르쳐야 한다며 불합격시킨 중학교를 찾아가 통사정을 하셨지만 쉽지 않았다.

그러던 어느 날 저녁, 약주를 한잔 걸치신 아버지가 대문을 부서질 듯 걷어차고 내 이름을 크게 부르면서 들어오셨다.

"한용아! 이놈아, 네가 중학교에 붙었어. 중학생이 되었다구…."

"네에? 그게 정말이에요?"

나와 어머니는 흐느껴 울며 기뻐했다.

그런데 저녁식사가 끝나자 아버지는 내가 편하게 학교에 다니라고 학교 옆에 셋집을 얻었으니 곧 이사를 가야 한다고 하셨다. 갑작스런 말에 깜짝 놀랐다. 방 두 개, 부엌 한 칸이 전부인 판잣집이지만, 부모님은 고생 끝에 마련한 이 집에서 살게 된 것을 무척 기뻐하셨다. 그런데 집을 팔다니….

　며칠 뒤 우리는 신설하는 중학교 뒷담에 붙은 단칸셋방으로 이사했다. 나는 열심히 학교에 다녔는데 어느 날 밤 우연히 부모님이 얘기하는 걸 듣게 되었다.

　"여보, 상의 없이 집을 팔아 미안하오. 하지만 한용이를 중학교에 못 보내면…. 설립자금을 주겠다고 약속한 날짜는 다가오고 돈은 급하고…. 내가 꼭 더 좋은 집을 사주리다. 그래도 요즘 학교에 가는 저 놈을 보면 살맛난다오."

　"정말 잘 하셨어요. 집은 또 장만하면 되지요…."

　적막한 방 안에 어머니의 낮은 흐느낌이 울렸다.

아버지는 나를 중학교에 보내려고 몇 십 년 만에 장만한 집을 주저
없이 팔았던 것이다.

(월간 〈좋은생각〉 1998년 12월호)

다시 산을 오르며

이제는 분명
산을 내려오고 있었는데
눈이 열린 첫 새벽에는
첩첩산중이
앞을 가려 막는다

다시 심호흡을 크게 하며
한 걸음 또 한 걸음
산을 오르기 시작한다
만약에 다 내려온 산이라면
나는 지쳐서 쓰러졌을 것이다

앞에 산이 있기에
나는 용기를
가슴에서 꺼낸다
앞에 산이 있기에
나는 또 살아가고 있다
숨 가쁘게 숨 가쁘게….

(2003년 10월 12일)

거인(巨人)의 나라에

모두들
거인들만 사시는
나라에서
나는 너무 적은
난장이였소

거인의 땅
거인의 하늘 밑에서
나는 그들의
그림자에 가리어
숨지 않아도
보이지 않았소

거인들은 날마다
소리칩니다
거인들은 날마다
달려갑니다

난장이의 통곡은
들어주지 않으며,

난장이들의 한숨은
느껴주지 않으며
태양이, 하늘이,
산들이, 강들이
모두 거인들의 몫이라.

(2004년 2월 27일)

점(点) 위에서

양쪽 발이 닿을 곳 없는
점 위에서
한 발을 들고
수십 년을 살아왔다.
파도에 무너져가는
잔토 위에서
다른 점(点)을 찾으려
심히 몸부림쳤다

보아줄 사람도
들어줄 사람도 없는
뾰족 점 위에서
눈을 들어 떠 크게 뜨고
하늘을 보니
태양은 비웃듯이
히죽이 웃고 있었다

이제 또 하나의 점을
찍어야겠다
저 멀리서 오시는 님

뫼실 오색 빛 점을
크게, 크게 찍어야겠다.
언제나 마주보고 사랑할 수 있는
영원히 지워지지 않는
원앙의 발자욱을….

(2006년 4월 5일)

수박덩이에 얽힌 사연

6·25가 나던 해 여름은 장마가 왜 그리 길었는지 그날도 아침부터 추적추적 하루 종일 내리던 비는 밤이 이슥하여 우리 열두 살 동갑 '개구리 오형제'의 집합시간에는 장대비로 퍼붓고 있었다.

그렇다고 우리의 작전 계획을 포기하거나 연기할 수는 절대 없는 일이고, 약속한 시간에 나를 비롯하여 종길이, 영철이, 창대, 상신이 등 오형제는 동구 밖 느티나무 밑에서 전쟁준비 완성태세로 모였다. 우리의 전쟁준비 완료는 온몸에 실오라기 하나도 걸치지 않은 전라의 몸으로 임전태세인 것이었다.

"자, 이제 출발해야지. 종길이 '중앙청'은 안녕하신가?"

나는 종길이의 중앙청을 정답게 만지며 장난을 걸었다.

"그럼, 안녕하시지! 조금 전에도 오줌 잘 쌌으니까. 흠…. 한용이 너는 피난길에서 떨어진 거 아니야? 흐흐흐. 그냥 달려 있구먼. 음…."

"앗, 아이야 아퍼…. 아이구 나 죽네…."

나는 빠져나갈 듯이 아파서 펄쩍펄쩍 뛰며 소리쳤다. 종길이가 너무 힘껏 쥐고 잡아당겼기 때문이다.

“쉿! 조용, 조용들 해…. 전쟁터에 가기도 전에 모두 체포되고 말겠다.”

총 지휘자 대장격인 오창대가 앞장을 서며 우리의 입을 틀어막았다.

우리는 좁은 논둑길을 일렬종대로 쏜살같이 달렸다.

“그런데 승진이는 요새 날마다 원두막에서 할아버지랑 잔다더라….”

영철이가 걱정스럽게 말하자 상신이는 “응 그래…. 그러면 같은 반 친구인 승진이가 우리의 적군일세. 흐흐흐…” 하며 오히려 의기양양하게 앞장을 섰다.

내 건너 언덕 위 넓은 밭에 같은 동리 친구인 승진이네 수박밭이 있고, 원두막에는 승진이가 칠순이 넘으신 할아버님과 자고 있는 일촉즉발의 전쟁터(?)였다.

수박밭에 도착한 우리는 흡사 개구리들처럼 바꾸락 [illegible] 하고 낮은 포복으로 기어들기 시작하였다.

“야! 모두들 큰놈으로 한 개씩 따가지고 출발 지점에 집합하라!”

대장 오창대의 명령이 떨어진지 1분도 못되어 앗! 저쪽 원두막 밑에서 누가 손전등 불빛을 번쩍하며 다가오고 있지 않은가.

“이크! 큰일이다! 승진이인가 보다. 작전상 후퇴! 빨리 후퇴!…”

대장 창대의 뒤를 따라 상신, 종길, 영철은 쏜살같이 도망쳐 언덕 밑으로 숨었다. 그러나 나는 원래 불구인지라 그렇게 약삭빠르게 도망칠 수도 없었고, 아직은 죄를 진 것이 아니니까 그 자리에서 조용히 일어섰다.

눈이 부신 손전등 불빛이 내 앞으로 다가왔다.

"스, 승, 승진아…. 나, 나야. 한용이…. 미, 미안해. 아직 수박은 안 땄어…."

"어! 하, 한용이…. 너 혼자 왔냐?…."

승진은 손전등을 끄고 한걸음에 달려와서 반갑게 내 손을 잡으며 물었다.

"아니, 다 같이 왔어. 창대, 종길이, 상신이, 영철이. 모두 저 언덕 밑으로 도망쳤어…."

"그래? 잘됐다. 그럼 너도 얼른 가서 숨어있어…. 수박은 내가 따서 굴려줄게. 큰 것으로 다섯 개면 되겠지…. 하하…."

"미안해…. 승진아…."

나는 못이기는 체 슬금슬금 뒷걸음쳐 언덕 밑 친구들과 합류하였고, 승진이는 손전등을 수박 잎으로 싸서 밭고랑에 놓고는 낑낑거리며 커다란 수박으로만 골라 따서 언덕 밑으로 굴리기 시작하였다.

수박을 네 개째 따서 굴리고 다섯 개째를 찾고 있을 때 아! 원두막에서 할아버님의 음성이 은은히 들려오고 있었다.

"얘 승진아! 승진아, 거기서 비 맞고 뭘 하니? 어서 들어오련. 감기 들라…. 콜록콜록…."

"네, 할아버지. 밭고랑에 물이 차서 빼내는 거야요. 곧 갈게요."

이렇게 그날 밤의 수박설이 작전은 주인집 손자와 공범으로 떳떳치 못한 승전이었지만, 캄캄한 느티나무 밑에 둘러앉아 밤새는 줄 모르고 배꼽이 볼록 나오도록 비 맞은 수박을 나누어 포식하며 '하하하' 웃을 수 있었다.

다음날 승진이가 할아버님 저녁 도시락을 들고 원두막으로 갔을 때 원두막 천정 중간에 걸려있던 호롱불이 추녀 끝으로 내걸려 있었다.

"할아버지, 이 등불은 왜 내걸었어요?"

"음…. 그건 오늘 밤도 네 동무득이 수박설이를 이어 캄캄한데 수박을 잘못 따면 수박이 넝쿨째 뽑히는 수가 있을까봐. 허허허…."

승진이는 할아버지 말씀을 듣고서 '악!' 하고 놀라는 소리를 참으며 수박밭 고랑으로 슬금슬금 도망쳤다.

90을 수하시고 돌아가신 승진이 할아버님 장례의 문상객 중에서 가장 슬프게 울어준 사람들은 수박설이의 '개구리 오형제' 뿐이었다.

(월간 〈뉴-프런티어〉 1997년 9월호)

내 아들의 이름은

이승으로 떠나고 없는
내 아들의 이름이
뇌리에서 뱅뱅 돌 뿐
영 생각나지 않는다
한참은 잘못된 이름일 것이다
한참은 부르다가, 부르다가
목이 터져 죽을 이름이다

바다위에 떠있는
모래섬 위에서
떡첨처럼 뚝뚝 떨어져
나가는 섬, 섬, 섬…
오—ㄴ 몸에 피를 짜듯
허공을 향하여 소리쳐도
내 귀에는 들리지 않으니

지금은 내 아들의 이름을
다시 지어 부를 때인가 보다
통곡해도 몸부림쳐도
들리지 않는 이름이여

허공으로 날아간 이름인가
낙엽 속에 묻혀버린 이름인가
영영 메아리도 없구나

내 주먹을 북채삼아
수없이 머리를 쳐도
삼년 말린 황토처럼
먼지만 날릴 뿐
무디고 무딘 칼로
내 가슴을 찢어도
너… 네 이름이 이름을…

(2001년 4월 28일)

벙어리장갑을 준 천사

지금 고층 빌딩과 아파트들이 들어서 있는 서울의 서부이촌동은 6·25 직후만 해도 미군 부대에서 나오는 쓰레기를 버리는 쓰레기장이었다. 미군은 그곳에서 일요일마다 굶주리고 있는 사람들에게 '꿀꿀이죽'을 배급했다. 꿀꿀이죽은 미군 부대 식당에서 나오는 식빵 조각이나 먹다 남은 닭고기 등을 물에 넣어 끓인 사료 비슷한 거였다.

허기진 사람들은 꿀꿀이죽을 먹기 위해 새벽부터 모여들었다. 나도 그 중의 한 명이었다.

영하 10도를 밑도는 몹시 추운 어느 일요일이었다. 그날도 꿀꿀이죽을 타기 위해 새벽부터 그곳으로 갔다. 운 좋게도 나는 맨 앞줄에 설 수 있었는데 죽을 배급받고서는 군인 아저씨에게 사정하여 빈 깡통 두 개를 더 얻었다. 꿀꿀이죽은 깡통에 담아서 나눠 줬는데 그 깡통이 쓸모가 많았기 때문에 나처럼 깡통을 얻어 가려는 사람도 많았다.

얼른 꿀꿀이죽을 식구들과 나눠먹고 나서 나는 대문 밖으로 나가 얼어 온 깡통을 닦기 시작했다. 음식 찌꺼기와 기름기 투성이였던 깡통을 찬물로 닦으려니 잘 닦아질리 없었다.

"애, 너 그 깡통으로 뭐할 거니?"

고개를 들어보니 내 또래의 예쁜 여학생이었다.

"응, 잘 닦아서 용문 시장에 있는 그릇 가게에 내다 팔 거야. 한 개에 백 원씩 주거든…."

나는 대답하면서 부끄러워 고개를 숙였다. 그 애가 계속해서 나를 빤히 쳐다봤기 때문이다. 그 애는 그렇게 한참 동안 내가 깡통 닦는 것을 지켜보더니 "이 장갑 끼고 해"라고 말하곤 웃으며 가버렸다. 나는 그 아이가 준 장갑을 껴보았다. 참 따뜻했다. 나는 기분이 좋아 씩씩하게 휘파람까지 불면서 남은 깡통을 마저 닦기 시작했다.

머칠 뒤에 우연하게 그 애를 봤다.

"장갑 여기 있어. 고마웠어."

하지만 그 애는 장갑을 받지 않았다.

"그냥 가져. 나는 집에 장갑이 또 있는 걸."

나는 장갑을 다시 받아 들고 어쩔 줄 몰라했다.

벌써 40년 전 일이다. 어디서 어떻게 지내는지는 모르겠지만 나에게 따뜻한 벙어리장갑을 선물하여 차가운 내 손과 마음을 녹여 준 천사에게 늦게나마 고맙다는 인사를 전하고 싶다.

(월간 〈좋은생각〉 1997년 7월호)

정동진 해돋이

딸, 딸, 사위, 孫(손), 孫(손)
이렇게 한 줄로 나란히 세우고
목이 터져라 소리쳤는데
태양아 떠라! 태양아 떠라!
해야, 해야 솟아라! 하였건만
먹구름 저편에 숨은 태양이
천수(千手) 만족(滿足)으로
밀치고 헤치고 솟아나려 몸부림쳤지만

억 만 근의 구름이 앞을 막으니
고고한 인신의 [illegible]
고막을 깨는 초성은 없어도
태풍 같은 흐느낌만
지구 저편으로 날려 보내고
노란 구름, 분홍 구름, 빨강 구름
파노라마 만들더니
어느새 바다 속으로
퐁당 빠지고 말았다.

(2006년 7월 31일)

융단 위를 걸으며

낙엽 쌓인
산길을 걸으며
신발을 벗었다
따끔한 발바닥의
감촉이 뜨겁다
먼저 먼저 앞서간
내님의 체온인가

양말마저
벗어던지고
숨 가쁘게 걸었다
앞서간 내님이
어서 오라 손짓을 한다
그녀의 뜨거운 입김이
내 가슴을 헤집는다

산정에 홀로 서있는
내님의 곱디고운 얼굴이
커다랗게 커다랗게
온통 시야를 가린다

통곡이 그친 산장에는
그녀의 숨소리만
온갖 나뭇잎을 흔든다.

(2003년 10월 22일)

비탈을 오르며

어제도, 오늘도
또한 내일이 와도
수많은 인간들은
쉬지 않고 비탈을
오르고 있는 것이다
비탈에서 멈추면
쓰러지는 것이고
이는 곧 죽음이다

살아간다는 것은
모두들 비탈을 오르는 것이고
도태되지 않기 위하여
가쁜 숨을 몰아쉬며
땀 흘리는 것이니
머무르지 마오
돌아보지도 마오

우리는 지금
함께 살아가기 위하여
손잡고 앞만 보며

한걸음 오르며

세상을 말하고

또 한걸음 오르며

사랑을 이야기하고….

(2006년 3월 10일)

네 살짜리 술 주정꾼

금년에 쉰네 살인 남동생이 열 살이나 위인 이 맏형과 술자리를 같이 할 때면 주력(酒歷)에 대해서는 자기가 선배라고 큰소리치며 술잔을 돌린다.

"형님, 한잔 드십시오. 술 선배가 권하는 것이니, 하하하…."

"아이고, 선배님 감사합니다. 그런데 자네 누님 코에 흉터 수술은 언제 해드릴 거요? 무슨 술 선배가 술에 취하여 자기 누이의 코를 톱으로 자르는 주정뱅이니…."

"아! 그, 그거요. 그야 누나 코가 너무 길어 보이길래 미인 만들려고…. 수술은 뭐, 매형이 반대하십니다. 매형은 누님 코의 흉터에 반해서 결혼한 거래요. 하하하…."

"그게 아니고 매부도 술로 매수한 거 아니야? 하하하…."

영문을 모를 우리 형제의 대화를 이해시키려면 이야기는 아주 먼 옛

날, 오십 년 전으로 거슬러 올라간다.

　6·25동란 후 피난살이 이년 만에 우리 가족은 수복한 서울로 돌아올 수 있었다. 그것도 가장인 아버지는 돈을 버신다고 부산인가 마산으로 가시고, 어머니만 나와 어린 동생 남매, 이렇게 네 식구가 남의 집을 봐주는 조건으로 무임대 단칸방에서 살림을 시작하였다.

　보리쌀 한 말에 이불 보퉁이만 들고 온 가난뱅이 우리 가족은 며칠이 지나니 먹을 게 바닥났고, 당장 땟거리도 없으니 호구지책이 급선무였다.

　생각다 못하신 엄마는 양조장에서 막걸리를 거르고 버리는 술 찌꺼기인 술재강을 얻어다 시장에서 팔기 시작하셨다.

　당시는 식량이 귀하여 수수개떡이나 꿀꿀이죽(미군 부대 식당의 음식쓰레기를 드럼통 등에 끓인 죽) 아니면 이 술재강을 물에 개어 당원을 넣고 끓여먹고 연명하는 사람들이 많았다.

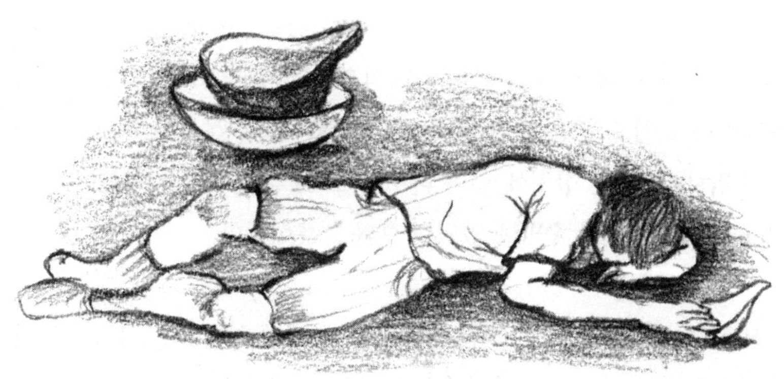

당시 맏이인 나는 열네 살이었는데 초등학교 졸업반이었고, 내가 학교에 가고 나면 엄마는 여섯 살배기 딸과 네 살인 막내를 방에 가두고 문은 밖에서 잠그고 시장 장사를 나가셨다.

"민자야, 술재강 아주 달게 끓여서 화로에 올려놨으니까 배고프면 먹고, 오줌 마려우면 오강에 누고, 동생하고 싸우지 말고 잘 놀아야 한다. 그래야 엄마가 돈 많이 벌어서 저녁에 과자 사다줄게, 응…?"

이렇게 잉여의 몸이 된 어린 남매는 당원 맛에 달차근한 재강죽을 마냥 퍼먹었고, 분명히 술기(酒氣)가 남아있으니 술에 취하여 잠들곤 하였다.

어느 날인가는 누나가 먼저 술에 취하여 잠들었고, 남아있는 동생은 너무 심심하니까 유일한 동무인 누나를 깨우려고 졸랐고, 안 일어나니 심술이 나서 윗목에 있던 조그만 톱으로 누나의 코를 톱질한 것이다.

엄마가 시장에서 돌아 왔을 때는 온 얼굴에 피범벅이 된 맏딸이 죽는 줄 알고 흐느껴 울었으며, 덩달아 울음보를 터트린 범죄자와 함께 온 집안이 통곡의 바다를 이루었던 기억이 지금도 눈에 생생하다.

당시는 시내에 문을 연 병원이나 약방도 별로 없었지만 당장 포도청인 목구멍에 풀칠할 돈도 없으니 병원은 엄두도 못 내고 겨우 상처에 된장이나 붙이고, 감자를 갈아 붙이거나 계자 떡을 붙이고 낫기를 바라는 수밖에 없었다. 상처에 덧이 나서 울고 보채는 동생 때문에 열흘간이나 학교를 결석할 수밖에 없었던 오빠 노릇이었다.

오십 년 전의 범죄자는 그날 밤 유일한 증인인 형님을 모시고 누님과 매형을 찾아가 사죄의 술좌석을 마련하였고, 시내로 모시고 나와 이차, 삼차까지 날 새는 줄 모르고 흘러간 날들을 이야기하며 슬픔에 흐느껴 울고, 또한 좋았던 날 즐거웠던 일들을 이야기할 때는 기쁨에 떠나갈 듯이 웃기도 하다가 모두 어깨동무하고 가곡 '희망의 나라로'를 목청껏 합창하며 종로 복판을 달려가기도 하였다.

(2003년 1월 20일)

동전 이야기

금년 나이 69세인 내가 벌써 15년간이나 이웃 초등학교 운동장으로 새벽 운동을 나가는 것은 아스팔트나 콘크리트뿐인 삭막한 도시에서 그래도 흙냄새를 맡아보고 운동화 밑으로 밟히는 흙의 감촉을 맛보기 위해서이다. 작년 이맘때라고 생각된다. 운동을 나갈 때는 새벽 5시 30분쯤이니 아직 어둠이 걷히지 않은 어두컴컴할 때이고, 끝내고 학교 문을 나설 때는 7시쯤이니 날이 환히 밝아서이다.

그날도 운동을 마치고 교문을 나와 50미터쯤 왔을 때 길에 떨어져 있는 500원짜리 동전 한 개를 발견했다.

'아이 횡재했네. 누가 흘리고 갔나….'

얼른 주어서 후— 하고 불어서 먼지를 털고 주머니에 넣으려는 순간 '아참! 새벽에 돈을 주우면 재수가 없다는데…' 하는 생각이 떠올라 바로 한걸음 앞에 있는 어느 집 철 대문 편지함 투입구에 '땡그랑' 집어넣고 말았다. 그리고는 몇 걸음 걸었는데 덜그렁 하며 편지함 여는 소리가 들려서 돌아다보니 한 열 살쯤 되어 보이는 남자아이가 그 동전을 꺼내들고는 쏜살같이 바로 길 건너 있는 미니 슈퍼로 달려가는 것이었다. 놈은 빵 한 개와 우유 한 개를 사들고 나와 길가에 선 채 게걸스럽게 먹어치우는 것이었다.

'이놈아, 천천히 먹어라. 누가 뺏어 먹나 원…. 언칠라….'

나는 무슨 좋은 일이나 한 것처럼 흐뭇한 생각으로 돌아왔다. 그리고 다음날부터는 집에 있는 동전 통에서 500원짜리 동전 한 개씩을 꺼내 주머니에 넣고 운동을 나가 끝나고 나올 때는 어제와 같이 그 동전을 우편함에 '땡그랑' 하였고, 놈은 역시 기다렸다는 듯이 그 동전을 꺼내다 같은 빵과 우유를 사서 맛있게 먹는 것이었다.

이렇게 10여 일쯤 동전 넣기 일과를 재미있게 하였는데 마침 그 즈음 내 둘째 딸이 제주도로 이사를 갔다. 그런데 그 딸이 아버지는 딸이 바다 건너로 이사했는데 오시지도 않는다고 하도 성화를 하여 관광 겸 딸네 집을 3박 4일간 다녀왔네.

제주도에 다녀온 다음날도 동전을 넣으려고 편지함에 다가섰을 때 "할아버지 잠깐만!" 하며 내 손을 잡는 어린 손이 있었다.

"응? 너, 너는 그 우유, 빵 대장 아니냐…. 허허허…."

그 애는 내 손을 끌고 바로 옆 골목 안으로 들어가더니 "할아버지 잔돈이 없으시지요? 이거 받으세요" 하고 내미는 것은 조그만 비닐봉투에 들은 10여 개쯤의 동전이었다.

"아…, 아니다. 나는 네가 우유와 빵을 너무 맛있게 먹기에 주는 거야. 허허허…. 그런데 이 돈은 어디서 났니?"

"네. 내 저금통에서 꺼낸 거야요! 할아버지 그동안 고마웠습니다. 정말 정말 고마웠어요…. 호호호….”

놈은 허리가 땅에 닿도록 큰절을 세 번이나 하고 씩씩한 모습으로 학교 안으로 달려가는 것이었다.

결코 짧지 않은 70 평생을 살아오면서 세모나 네모진 동전(銅錢)은 본 적이 없다. 동전이 모두 둥글게만 만들어진 것은 잘 굴러가라고 만들어진 것이다. 어디에? 가난하고 불쌍한 사람에게일 것이다. 지금 이 시각도 북한에서는 굴러온 동전 한 닢을 줍지 못하여 굶어죽는 아사자가 속출하고 있다지 않은가.

우리는 모두 동전 던지기를 좋아해야 한다. 오늘 열 개의 동전을 던지면 내일 스무 개의 동전이 굴러들어올 것이다. 배고파 슬픈 사람들, 버스 값 1,000원이 없어서 미아리에서 영등포까지 ‘11번 자가용’ 만 굴리는 사람들도 우리 모두 한가족임은 부인할 수 없는 사실이다.

몇 년 전 경기도 여주에 있는 어느 콘도에 동창회를 겸한 망년회를 하러간 적이 있다. 어마어마하게 큰 시설이었는데 그 마당에 동전 던지는 연못이 서너 군데 마련되어 있었고, 수많은 사람들이 오며가며 던진 동전들이 한 달이면 670만 원씩 건져내어 매년 1,000여 만 원씩 불우이웃 돕기에 쓰여 진다고…. 이제 정부 기관에 건의하는 것은 전국 어디에나 즉, 공원, 고궁 입구, 큰 빌딩 앞 등에 이 동전 던지는 연못을 많이 만들어 호주머니가 무거워 걷기 힘들거나 짤랑짤랑 소리 나서 귀찮은 동전들이 모여, 장애인이나 가난한 어린이, 노인, 실직자, 병든 사람 등 모두가 동전처럼 함께 굴러가는 사회를 만들고 싶습니다.

(월간 〈좋은 생각〉 2007년 7월호)

Nice Day

3부 | 보은(報恩)의 집

"못 좀 주시오"

소아마비 3급 선천적 장애인으로 태어나 한 많은 66년을 살면서 그 서러운 인생사를 어찌 필설로 다 표현하랴 만은 약간의 반신불수와 심한 열병으로 혀(舌)까지 짧아져서 말이 우둔한 이 불구자가 어언 23년 신인 1981년 봄 어느 날 이 헌물점에서 일어난 일을 써보려 한다.

당시 나는 용산 야채시장 입구에서 종업원 10여 명의 꽤 큰 철공소와 여인숙, 그리고 슈퍼까지 세 가지 업체를 운영하는 소위 돈 잘 버는 사장이었다. 시장 입구에 철공소까지 너무 환경이 좋지 않아 아이들 교육 때문에 1킬로미터쯤 떨어진 주택가에 헌집 한 채를 사들였다. 호락질로 집수리를 하다가 천정에 박을 잔 못(針)이 필요하기에 자전거를 타고 큰길가에 있는 철물점엘 갔다.

"못 좀 주시오."

유리문 안에 30대 초반인 듯한 주인은 힐끗 나를 쳐다보더니 "에잇 재수 없게…. 지금 주인이 안 계셔…. 딴 데나 가봐!"

앗! 나를 동냥 다니는 거지로 본 것이다. 하기야 당시만 해도 가가호호 다니며 손 내미는 구걸 거지가 꽤 눈에 띠던 때였으니…. 더구나 나의 행색이 먼지투성이인 헌 작업복에 작업모까지….

"아니 못 좀 달라구요!"

"이런 거지새끼가 주인이 없다는데 주긴 뭘 줘! 빨리 안 나가 이 새끼야!…."

기가 막힐 일이었다. 나보다 최소한 열 살 이상은 아래였을 젊은이가 설령 나를 동냥아치로 보았다 해도 '동냥은 못줘도 쪽박은 깨지 달랬는데….' 내 말소리가 우둔하여 못(針)을 '무엇' 으로 들은 모양이다.

"아니…. 못 팔라는데 왜 욕지거리요?"

"안 팔아! 빨리 나가…. 재수 없게 이놈이…. 에잇…."

그는 달려 나오더니 내 뺨을 호되게 때리고 정강이를 걷어차며 길가로 질질 끌어내는 것이었다.

졸지에 당한 일이라 눈앞이 캄캄해지고 정신이 혼미해지는 느낌이었다. 너무 억울하고 분해서 전봇대에 자전거를 기대놓고 주저앉아 한없이 울었다. 그 순간 칼이라도 있으면 당장 자결하고 싶었다.

잠시 후 정신을 가다듬고 자전거를 타려는데 뒤에서 누가 나를 부른다. 바로 내 철공장 아래서 복덕방을 하는 장 영감이었다.

"조사장, 여기는 웬일이셔? 허허…. 우셨나? 눈물은 왜?"

"아니요. 눈에 먼지가 들어갔어요…."

원래 동네서 술친구인 장여감과 근처 대폿집에서 소주잔을 기울이며 방금 내가 당한 이야기를 하니 장 영감도 펄펄뛰며 당장 가서 버릇을 가르치겠다는 것을 참아달라고 사정하였다.

그해 가을 복덕방 장 영감은 희희낙락한 얼굴로 내게 와서는 바로 그 철물점 건물을 팔려고 내놨다는 것을 알려주었고, 나는 값은 고혈간(高歇間)에 무조건 사들였다. 계약, 중도금, 잔금, 등기이전은 물론이고 세입자였던 그 쪽박 깨는 철물점 주인을 내쫓는 명도까지 장 영감이 앞장서서 다 해주었고 또 수리하여 1층은 통닭집으로, 2층은 사진관으로 임대하는 모든 일을 장 영감이 해주셨다.

그로부터 5년 후 그 집 옆에 300여 평을 소유한 회사에서 사옥을 짓겠다고 매도 요청이 들어왔기에 역시 장 영감이 앞장서서 샀던 금액의

3배 이상이나 받고 팔아주었다. 물론 세입자 명도문제는 1층 통닭집은
내 철공장 한쪽을 막아서 오도록 하였고, 2층 사진관은 새로 짓는 건물
2층에 입주키로 계약했었다.

　다시 긴 세월이 흘러서 IMF 다음해 어느 날 친구들과 한잔 거나히 하
고 서울역 지하도를 걷는데 "사장님, 소주 한 병만 사주시오. 소주…"
하며 내 발목을 잡는 노숙자는 '앗!' 바로 그 철물점 쪽박 깨는 주인이
었다.
　('… 흥, 이놈! 나는 너처럼 쪽박을 깨지는 않는다. 예 있다. 소주고
막걸리고 실컷 쳐먹어라 ….')
　나는 바지 호주머니에 남아있던 만 원 권, 천원 권 합쳐서 4, 5만 원
쯤의 돈을 몽땅 털어 놈의 손에 쥐어주고 도망치듯 지하도를 빠져 나
왔다. 서울역 광장의 불빛이 유난히 현란한 밤이었다.

(월간 〈좋은생각〉 2005년 1월호)

벙어리 새(鳥)

기쁘게 모두들 만나고
희열의 사랑이
한가득하기에
즐겁게, 기쁘게
노래하려는데
사람들은 운다고 하니
차라리 입 다물려오

차라리 벙어리가 되려오
지금은 웃고 있고
지금은 울고 있고
지금은 노래하고 있어도
모두들 운다, 운다 하니
통곡도 흐느낌도
아니 큰 춤추며 노래해도
모두모두 감춰졌을 뿐
차라리 벙어리 새의
네 글자가 내 이름이요.

(2006년 7월 23일)

보도블록의 아우성

수 만 장, 수백만 장
보도블록의
소리 없는 아우성이
귀청을 찢는다
수많은 발길들이
짓밟고 지나갔어도
한마디 반항도 못하고

할퀸 자리 찢긴 자리
상처투성이
피가 절절 흘러도
들리지 않는 신음만
하늘로 날아갈 뿐
소리 없는 아우성만
천지를 진동한다

헤아리지도 못하는
수많은 날들을
거기 그렇게 누워서
밟히고 또 밟히고

무수히 밟히고도
소리 없는 통곡만
제 가슴에 묻는다.

(2003년 10월 7일)

보은(報恩)의 집

1970년대 초 어느 해 봄날….

"앗! 이걸 어쩌지. 이걸…. 으, 흑흑흑…."

이것은 하늘이 무너지는 듯 눈앞이 캄캄해지는 청천벽력의 일이였으니 내 생명의 안식처이고, 내 삶의 터전인 내 집을 철거하라는 계고장(戒告狀)을 받은 것이었다.

태어날 때부터 소아마비 반신불수인 나는 '병신일수록 배워야 한다' 는 결심으로 가난한 살림에도 갖은 고생을 다해가며 대학을 나왔지만, 당시는 나 같은 장애인을 받아주는 직장은 도저히 구할 수가 없어서 내 집 한 귀퉁이에 철공소를 차리고 늙으신 어머니와 어린 세 딸, 그리고 처와 여섯 식구가 근근이 살아오고 있었는데 내 생명과도 같은 이 집을 철거하라니….

계고장을 잡은 손이 부들부들 떨리며 신작로 한복판에 주저앉아서 한 시간 이상이나 일어날 수가 없었다.

구청을 찾아가 담당 공무원에게 눈물로 사정도 해 보았지만 소용없는 일이었다.

겨우 30일! 한 달 기한을 주었는데 최소한 방 세 개짜리 전셋집이라도 구해야겠는데 당시 나에게는 전세돈은 말고라도 월세 방 보증금도 없는 형편이었다.

속수무책으로 하루하루 동리 친구들과 술타령만 하고 있었는데 집을 철거해야 되는 10여 일 앞두고 어느 날 아침, 갑자기 배가 몹시 아팠다. 어제 먹은 술이 너무 과해서 그런가 하고 동네 약방에서 몇 가지 약을 사다 먹어봤지만 듣지 않아서 동네 병원을 찾아갈 수밖에 없었는데, ○○내과 안승권(安承權) 원장님은 환갑이 지나신 노인인데 나를 친아들처럼 사랑해 주시고 늘 칭찬해 주셨다. 그 아들 병수(炳壽)는 나와 중·고등학교 동창 친구였는데, 당시는 의대를 나와서 시내 큰 병원의 수련의로 있었다.

"위경련이야. 주사 맞고 약 먹었으니 가라 앉을 걸세. 조심해야지. 아무튼 사내는 뭔 [illegible] 시간이야. 그 몸에도 가족 부양하며 열심히 살아주니 고마운 일이야…. 장하네, 장해…."

그렇게 말씀하시며 내 등을 두드려 주셨다.

"그런데 자네 배 아픈 거 말고 무슨 걱정이 있나? 얼굴에 수심이 가득하니…."

나는 그만 확 터지는 울음을 참지 못하고 흐느끼며 그간의 사정을 자세히 말씀드렸다.

"아이구! 크, 큰일이구나. 어쩌지, 어쩌지…. 쯧쯧쯧…."

이야기를 듣고 자기 일처럼 걱정하고 고민하시더니 "음…. 이러면 되겠군…. 자네 헌집이라도 우선 들어가 살려나? 마침 내게 빈집이 하

나 있는데 집이 좀 낡았어. 오래된 구옥이라서 수리를 좀 해야 할 걸…"
하고 말씀하셨다.

암흑 속을 헤매다가 광명을 찾은 것이었다. 몇 년 전까지 그분의 운
전수가 살던 집인데 지금은 그분의 맏딸이 운전을 해주니 운전수를 내
보내고 비워있던 집이였다.

나는 허리가 아플 만큼 열 번, 백 번 고마움의 큰절을 올리고 그날부
터 아내와 함께 밤낮을 가리지 않고 호락질로 그 집을 대충 수리하고

철거 전 날 이사하여, 노모를 모시고 어린 딸들과 길거리로 나앉는 수모만은 면할 수가 있었다.

그 후 나는 각고의 결심으로 5년에 걸쳐서 일수 찍어서 집값 5,000만 원을 그분에게 갚아드리고 그 집을 완전한 내 집으로 만들 수 있었다.

아무리 사업이 불황이고 자금이 달려도 봄·가을 두 번 500만 원씩의 일수 돈을 벌어서 안 원장댁에 보내 드렸고, 나는 하루 60,000원씩 100일간 일수를 찍는 '일수쟁이'였다. 결국 이 집은 5년 동안 1,000일간 하루에 60,000원씩 꼬박꼬박 일수를 찍어서 마련한 집이였으니….

그리고 중·고등학교에 다니는 딸들의 방에 이 집은 '보은의 집이다!'라는 붓글씨를 써다 붙여주었다.

(2004년 5월 22일)

홍매화(紅梅花)의 한(恨)

이 세상 누가 보고
즐거워할 줄도 모르면서
한줌의 연분홍 꽃을 피우기
위하여 폭풍한설 몰아치는
한겨울을 견디어 왔다
어느 고을에서 날아들지 모르는
뭇 나비들을 부르며
온몸을 짜내는 향기를 뿌려야 했다

누가 따서
술 담글 줄 모르면서
한줌의 매실을
달아내려고
눈물 담아
한을 담아
꽃잎을 바람에 날렸다

이제
무성한 떡잎만
하늘을 가리니

또 임 만날 날을
손꼽아 기다리며
또 한 해는
깊은 꿈속을 건디런다.

(2004년 2월 26일)

어머니만 기쁘게 해드릴 수 있다면

'남자 엄마.'

내년에 환갑인 내가 팔십 노모를 위하여 자주 시장을 보고, 서투른 요리솜씨를 자랑한다고 해서 유치원에 다니는 손자가 지어 준 별명이다. 내가 어머니에게 "오늘은 수제비가 드시고 싶으시죠?" 하고 여쭈면 어머니는 언제나 "그래! 아범, 내가 그걸 먹고 싶은 걸 어떻게 알았니? 어서 해라" 하고 대답하신다.

오늘도 내가 어머니께 수제비를 해드리겠다고 했더니, 역시나 그게 먹고 싶었다며 반기신다. 나는 먼저 솥에 네모나게 잘 자른 감자와 멸치를 넣고 끓인다. 국이 끓는 동안 걸쭉하게 반죽한 밀가루를 부글부글 끓는 물에 조금씩 뜯어 넣고 한소끔 더 끓여 그릇에 담아낸다. 그러면 어머니는 한 그릇을 뚝딱 잡숫고는 "애, 맛나다. 한 그릇 더 주련?" 하신다.

땀을 뻘뻘 흘리면서 두 그릇을 거뜬히 잡수시는 어머니의 모습을 보는 내 기쁨은 이루 말할 수 없다. 그래서 나는 더 자주 '남자 엄마' 노릇을 하는지 모른다.

나는 아무리 바빠도 일주일에 한 번씩 농협에 가서 미숫가루, 고등어, 소 족발, 메밀국수, 감자 등 어머니가 좋아하시는 반찬거리를 사오는데, 그때마다 아내나 여동생들은 이 늙은이를 "당신이 며느리 하시오", "오빠가 딸 하세요" 하고 빈정댄다.

"허허, 아무러면 어떠냐. 우리 어머니만 기쁘게 해드릴 수 있다면 남자 며느리면 어떻고 남자 식모면 어떠냐."

나는 그저 일주일에 한 번씩 목욕탕에 가시는 어머니를 따라 들어가 어머니의 등을 시원스럽게 밀어 드리지 못하고, 여탕 입구에서 때 미는 값을 손에 쥐어 드리고 돌아서야 하는 것이 아쉬울 뿐이다.

(월간 〈좋은생각〉 1998년 9월호)

천 원짜리 자장면

초등학교 삼 학년인 영식이는 그날도 학교에서 돌아온 오후 세 시쯤 엄마를 졸라서 자장면 값 3,000원을 타냈다.

"야! 신난다. 맛있는 짜장면….."

한걸음에 자장면 집으로 달려가는 영식이의 머리에 불현듯 떠오르는 기발한 아이디어가 있었다.

자장면 집 넓은 홀은 한가하게 비어있었고, 너덧 명의 종업원들과 사장님은 드높은 선반 위에 올려놓은 TV의 야구중계를 보고 있었다.

"아저씨, 여기 천 원짜리 짜장면 한 그릇 주세요."

영식은 보리차를 따라주며 주문을 받으려는 종업원에게 천연덕스럽게 말하였다.

"허허….. 이놈이 어른 놀리나. 천 원짜리 짜장면이 어디 있어! 에끼….."

화가 나서 소리치는 아저씨에게 영식이는 더 큰소리로 말하였다.

"아저씨! 짜장면 한 그릇에 3,000원씩이지요? 그러니까 천 원이면 자장면을 3분의 1만 주면 되지 않나요?"

두 사람의 대화를 듣고 있던 사장님은,

"허허허…. 그놈 참…. 돈은 천 원밖에 없고, 짜장면은 먹고 싶단 말이군…. 주방장, 그냥 한 그릇 올리게…. 용감한 어린이에게 상으로 주는 거니까…. 하하하…."

자장면 한 그릇을 게 눈 감추듯 먹어치운 영식이는 약속대로 천 원 지폐 한 장을 사장님 앞에 내놓았다.

"돈은 그냥 가져가라. 내가 너의 용기를 보아 상으로 주는 거니까. 하하하…."

"싫습니다. 공짜는 사양합니다. 받으십시오."

영식이는 돈을 테이블 위에 올려놓았다.

"허허… 그놈 참. 그러면 언제든지 또 오너라. 네가 오면 언제든지 천 원씩이다. 자장면 한 그릇에…."

"그네 네 친구들도 많이많이 데리고 와라. 그 대신 꼭 오후 세 시가 넘어서만 된다. 점심시간에는 바빠서 안 되니까. 하하하…."

옆에 있던 주방장님도 한마디 거들었다.

"네! 친구들까지요? 고맙습니다. 정말 고맙습니다."

넙죽넙죽 큰절을 두 번이나 하고 물러나

온 영식은 그날 남은 돈으로 동리 친구 상길이와 종재에게 자장면을 사 먹였고, 다음날부터 오후 3시만 넘으면 하루 20, 30명의 같은 학교 학생들이 천 원짜리 자장면을 먹으러 이 자장면 집에 들끓고 있는 것이다.

고마움을 아는 어린이들은 이, 삼일에 한 번씩 몰려와서 이 자장면 집 앞을 청소하고, 유리창을 명경처럼 맑게 닦아놓고 5, 6대나 되는 오토바이도 반짝일 만큼 닦아놓는다.

이 소문을 들은 동리 아저씨들이 아이들 후식으로 한쪽씩 먹이라고 수박을 차 트렁크에 실어 나르고, 동리 아주머니들은 매일 2, 3명씩 오후 3시부터 2시간씩 무료 파출부 노릇도 하고 있다는 아름다운 소식이다.

(2003년 5월 10일)

올려다보며

뒷목이 뻐근하여
약을 먹었소
행여 뭔 소식이
늦어서 새벽인가
날마다 올려다보는
하늘인데
새삼 높을리도
새삼 푸를리도 없는데

날마다 노래합니다
하늘이 있기에
내가 살아간다고
하늘이 거짓 않기에
모두를 사랑할 수 있다고.

(2007년 10월 12일)

역류하는 강물

동에서 서쪽으로
북에서 남쪽으로
그렇게 순서대로
흐르는 강물은
어느새 돌아서서
역류하느냐…
아, 방향 잃은 강물이여
네가 옆에서 항시 흐르니
순박하고 고요하게
흐르는 줄 알았는데
어느새 묻지도 않고
돌아 서느냐…

태양도 바람도 모두들
잠드는 밤에
너는 어이하여
그칠 줄 모르느냐
너는 어이하여
깊은 곳에서부터
소용돌이치느냐

시공을 잃은 분수 무디기여
그 많은 설움, 그 뜨겁던 사랑은
다 어드메 버리고
한번 왔던 곳은 다시
올 수 없다고
냉정히 돌아서서 달음박질치느냐

목이 쉬도록
통곡하느니
멈추어보아라
기다린다고, 사랑했노라고
외치려니 돌아서보아라
냉정히 돌아서서
폭류하는 강물이여.

(2006년 2월 28일 새벽)

만추의 아침

사립문 밖에는
동리 개들이 몰려와
컹, 컹, 컹
무슨 소식인가
전하더니

지금은 태양이
온통 내려와
동좌한 벤치에
나란히 앉아
도란도란
무슨 이야기인지
끝이 없구나

너무도 반가워
사립문 박차고
달려 나가면
모두들 벙어리인양
입 다물고 있다가

앞서거니 뒤서거니
멀리멀리 달아나고
비수 같은
적막만이
내 가슴에 박힌다.

(2003년 10월 20일)

연시와 금반지

아주 가난하던 1960년대 초. 대학교 2학년 때의 일이다.

당시 나는 옥천변 판잣집에 어린동생 오남매와 양친을 모시고 살고 있었는데, 그때는 아르바이트할 곳도 별로 없었고 등록금 낼 때만 되면 암담하고 걱정이 태산 같았다.

달력에 동그라미 쳐있는 등록금 마감날짜만 바라보고 시름에 빠져 있는 어느 날 허리 꾸부러진 할머니 한 분이 광주리에 여남은 개쯤 남은 연시감을 팔러오셨다.

"아이구, 할머니 힘들지 않으셔요? 그래 이 감은 얼마씩이에요?"

감은 사고 못 사고를 떠나 우선 쉬어라도 가시라고 할머니의 감 광주리를 내려드렸다.

"응, 세 개에 백 원씩이여. 아주 달어! 젊은이 좀 팔어주구려, 허리가 아퍼서 더 다닐 수가 없구먼…."

"네…. 그럼 이백 원이면 여섯 개네요. 여섯 개만 주세요."

“고마워 젊은이 이백 원이면 일곱 개를 주지. 이 터진 감이 훨씬 달
어. 이건 꼭 자네 먹게….”

“아니야요 할머니. 우리는 육남매이니 여섯 개면 꼭 맞아요. 여섯 개
만 주세요….”

나는 한사코 여섯 개만 받고 이백 원을 내드렸다.

할머니가 돌아가신 후 나는 동생들 몫의 감을 선반에 올려놓고 터진

감을 크게 한 입 베어 물었다.

“앗! 이, 이게 뭐지…?”

감씨인 줄 알았는데 분명히 무슨 쇠붙이였다.

꺼내보니 닳아빠진 석돈 쯤의 금반지였다.

“허허. 이 할머니가 어떻게 금반지를…. 할머니! 할머니….”

나는 금반지를 움켜쥐고 달려 나가 온 동리를 헤맸지만 할머니를 찾

을 길이 없었다.

"허허 파출소에 신고라도 해야 하나, 원. 쯔쯔쯔…."

파출소로 가려고 웃옷을 입고 있을 때 전화벨이 울렸다. 같은 과 친구인 원상(元相)이였다. 일찍이 양친부모를 교통사고로 여의고 할머니만 모시고 사는 역시 가난한 친구였다.

"응, 원상이냐? 웬일이냐? 내일 학교서 만날 텐데. 전화는…. 응, 등록금? 아니 아직이야. 큰일이다. 아무래도 휴학계를 낼까봐…. 너는? 뭐 할머님 금반지를…. 이놈! 네 머리를 모두 뽑아서 짚신이라도 삼아 드려라. 그 할머님 은공을 언제 다 갚을래…."

원상이 전화를 끊고 나서 손에 쥐여진 금반지를 들여다보면서 곰곰이 생각했다.

"그렇지. 이것을 팔아서 우선 등록금을 내고, 다음에 할머니를 만나면 훨씬 큰 새 금반지를 사드리면 되지…."

그해 2학기 등록금은 이렇게 마련하여 학업을 계속할 수 있었는데 그 후 십 년이 지나도록 할머니는 꿈에도 뵈올 수가 없었고, 내가 서점, 문방구 등으로 꽤 돈 좀 벌었다고 자부할 때쯤 역시 같은 과 친구인 성재(成載)를 우연히 길에서 만났다. 반가움에 이런저런 이야기 끝에 성재는 "그래 너는 대학시절 등록금으로 진 빚은 다 갚았느냐?" 하고 꼬집어 물었다.

"물론이지! 이자까지 후하게 쳐서 싹 다 갚아드렸지…. 그게 여태 있나…?"

"잘했군. 그러면 백혈병으로 세상 떠난 원상이 할머니 금반지 값도 갚아드렸냐? 물론 그 할머니도 세상 뜨신지 오래되었지만…."

"뭐! 뭣이. 그, 그 반지를 주신 분이 죽은 원상이 할머니셨다고…."

나는 원상이가 살던 동리 쪽 하늘을 올려다보며 두 눈에 한가득 고이
는 눈물을 닦으려하지 않았다.

(2001년 10월 19일, 월간 〈좋은생각〉 2001년 12월호)

콩, 콩, 콩

콩 껍질을 까라고 했다
삶아먹던,
메주를 쑤던
두부를 만들더라도
그런데 엉뚱하게
콩대의 껍질만
벗기고 있었다

왜냐고 물으니
콩대가 먼저란다
대궁 없는 열매가
있을 수 없단다
콩은 콩인데 못 먹는 콩
콩은 콩인데
대궁 먼저 벗겨야 한단다

세월이 하 수상하니
콩대나 짊어지고
저승으로 가려고
당신을 멀리 했소

콩깍지 까는 동안
꿈은 꾸어야겠기에
남은 날들을 세어보려고.

(2003년 11월 15일)

日生, 一生, 人生(인생)

밤기차는 기는지 걷는지
밤새워 숨 가쁘게
달려간 정동진
해돋이 터에서
저절로 감기는 눈을
부릅뜨고 동천(東天)만,
동천만 응시했는데

바다 속 너무 깊이 빠진
태양은 구름이 힘겨워
건져내지 못하고
구름은 어느 고단한 농부의 얼굴처럼
누렇게 멍들어 있었다
해장술 한잔에 홍조하드니
어느새 취기 올라 짙은 홍황색으로
찬란히 펼쳐지누나

노랑 구름, 붉은 구름
앞 다투어 도망가고
드디어 용광로 같은 불덩어리가

힘차게 용솟음쳤다
그것은 일생(日生)의 우렁찬
탄생이었는데
응시하는 나의 일생(一生)과
무엇이 다른 것일까?

아니 통곡의 초성도 없이
바람소리처럼 들리는
서러운 태양의 흐느낌만이
나의 인생(人生)과 다르다 하려나.

(2006년 7월 30일)

미완의 정점에서

피는 꽃 피다 말고
지는 꽃 지다 마는
어제와 오늘인데
또 어느 바람이
세차게 불어와
아직 덜 핀 꽃을 지게 하려나
싱싱한 꽃잎 따 가시려나

어느 시각에 소낙비
폭풍한설 몰아쳐서
아직 아름다움을
구가하지 못한 꽃들을
낙화시키려나
나는 미완의 정점에서
탄식하노라, 통곡하노라.

(2004년 2월 24일)

서로 형님

지난여름 무덥던 어느 날 오후 아주 오래된 책 한 권을 구하려고 청계천 헌책방에 간 적이 있었다. 여러 서점을 들렀으나 구하는 책은 찾을 수 없었고, 칠순은 넘었을 듯하신 노인이 운영하는 조그만 책방에서 마음에 드는 헌책 세 권을 샀다. 책값을 치루고 책방 앞에 놓여있는 의자에 앉아서 다른 책을 뒤적이며 쉬고 있는데, 그 책방 주인 할아버지도 부채를 들고 옆 의자에 나와 앉으셨다.

잠시 후 역시 같은 연세쯤의 할아버지 한 분이 오시니 이 할아버지는 벌떡 일어서서 두 손을 내밀며 반가이 맞이하신다.

"아이 형님! 어서 오십시오! 이 더운 날에 웬일로 나오셨어요? 허허허…."

"덥긴 뭐 나만 더운가. 형님 냉면 한 그릇 사드리러 왔지요. 형님, 아직 점심 전이시지요? 가십시다 형님. 시원한 냉면 한 그릇 대접해 올리겠어요."

"아니지요 형님. 점심은 내가 대접해야지요. 형님은 저희 가게에 오신 손님이신데…."

"아니야요 형님. 내가 형님 냉면 사드리려고 먼데서 왔지 않아요? 뻐스를 갈아타고 불원천리 먼데서. 하하하…."

나는 어리둥절하여 두 노인의 얼굴을 자세히 보며 연세를 점치는데 골몰하였다. 서로 형님이라니. 분명히 한 분은 동생이라야 맞는데….

주인 영감은 웃옷을 걸치며 나에게 부탁하는 것이었다.

"손님, 미안 하지만 잠시 가게 좀 봐주시구랴. 내 우리 형님 냉면 좀 대접하고 올 터이니…."

"네, 그거야 어렵지 않지만…. 저를 어떻게 믿으시고? 책을 훔쳐서 도망가면 어쩌시려고….”

“허허허…. 많이 훔쳐가시구랴. 읽고 싶은 책을 가져가는데 어찌 도적이라 하겠소. 나는 남는 책만 팔아도 되니까. 허허허….”

졸지에 서점 점원이 된 나는 한 시간 이상을 빈 책방을 지켜주었고 다행히 그동안은 아무도 찾아온 손님은 없었다.

냉면에 소주 한잔까지 곁들여 얼굴이 불그레해서 돌아오신 노인에게 나는 급하게 물었다.

“아니 이상하시네요. 어느 분이 연세가 많으신지? 서로 형님이라시니 무슨 영문이십니까?”

“아, 그렇지요. 남이 들으면 이상스럽겠군요. 서로 형님이란 호칭을 쓰니까…. 하지만 틀리지 않는 말이요. 나이는 내가 한 살 많으니 나이로는 내가 형이고, 학교는 형님이 이년이나 선배이신 걸요…. 나이로는 내가 형님이고, 학교로는 2년 선배이시니 그분이 형님이지요. 허허허….”

(2002년 2월 4일, 월간 〈좋은생각〉 6월호)

산속의 바다
— 납골당 낙성을 지축하며

나는 이곳을
바다라 이름 하려오
거센 파도가 쳐도 좋고
황금빛 석양이 눈부신
고요속의 바다라도
바다는 충효의 상징이고
우렁찬 출발의 관문입니다

종인들은 남녀노소 빈부귀천
모두들 엄숙히 머리 숙여
모여드는 종중의 구심처
보본단은 심연의 정성이 모인 곳
바다보다 넓은 것은 효심이니
이 광활한 바다를 가슴에 심으소서
영롱한 이 빛들을 마음에 담으소서

자자손손 뜨거운 손 마주잡으며
슬픔을 환희로 바꿔 모여드는 곳
역대 조상님들의 숨소리 들리는
고요한 이 산중의 바다는

찬란한 태양이 터오는

새벽 바다와 무엇이 다르리오

나는 이곳을 바다라 이름 하려오.

(2001년 10월 20일)

吾宗中之 求心處 若刻伏獻 報本壇

이 글은 필자가 평양 조씨 절도공파 통덕랑 공손인데, 선영에 160구의 납골당을 건립하고 조그만 헌시비를 만들어 세운 것이다.

말미에 쓴 한시는

吾宗 中之 求心處 ⋯ / 우리 종중 모든 가족들의 마음이 한곳으로 모이는 곳.

오종 중지 구심처

若刻 伏獻 報本壇 ⋯ / 조상의 은공에 보답하고자 마련한 제단에 약하게 새겨서

약각 복헌 보본단　　엎드려 바치나이다.

- 필자 도움말 -

커다란 만남

회오리바람이
세차게 몰아쳐서
대문을 박차고
들어오기에
누군가 눈을 뜨니
그는 아주 조그만
사랑이었다

이 커다란 만남을
준비하기 위하여
우리는 그 많은 세월을
견디며 기다려 왔다
떠나는데 백년을
돌아오는데 또한 백년을
만나는데 또한 백년이…

우리 마음속에
얼마나 크게, 크게
자리 잡았었는가
이 세상에 가장 크게

우주보다 더 넓은
만남이 우리 모두들
참되고 기쁜 사랑이었다.

(2006년 3월 26일)

나를 울린 한 글자

내 나이 열여덟, 고등학교 이학년 때 일이다.

당시 우리 집은 가난했지만 우리 큰집은 시장 어구에서 커다란 식당을 운영하는 부잣집이었다. 이 식당에 더부살이하는 허용구(許用九)라는 여자는 나와 동갑내기 친구였는데, 얼마나 아름답고 친절했는지 나는 그녀에게 홀딱 반하여 열렬한 사랑의 편지를 수없이 보냈다. 그것도 말미에는 "이번에는 꼭 답장을 고대하며…" 하고….

그때마다 허용구 양은 "애, 너는 아직 공부하는 학생이 무슨 연애를 하자니…. 그러지 말고 어서 열심히 공부해서 좋은 대학가고 훌륭한 사람이 돼야지…. 그때는 내가 꼭 너한테 시집가줄 게. 호호호…" 하고 웃어넘기곤 하였다.

"용구야! 너 정말이지. 내가 대학 나와서 출세하면 꼭 나한테 시집올 거지?"

"그래. 약속할 게 이렇게…. 호호호…."

우리는 손가락 걸고 약속했었다.

그녀는 충북 진천군 두메산골 홀어머니 밑에서 가난하게 살다가 초등학교 삼학년을 겨우 마치고 열 살 때인가 우리 큰집에 와서 벌써 8, 9년이 지난 것이다.

그러나 나는 하루라도 그녀의 얼굴을 보지 않으면 밤잠을 이룰 수가 없었고, 밥맛이 없고 공부도 되지 않고 온통 시야에 그녀의 웃는 얼굴만 아른거릴 뿐 정신이 혼미해질 정도였다.

그래서 나는 잠자는 시간과 학교 시간 말고는 거의 큰집 식당에 붙어 살다시피 하였다.

큰어머니나 큰아버지는 물론이고 부모님이 매까지 들며 꾸짖으셨어도 듣지 않는 불효자였다.

부모님의 역정으로 자주 가지 못하자, 나는 더욱 열심히 불타는 애정을 담은 글월을 그녀에게 보내게 되었다. 그렇게 수십 번을 보내도 묵묵부답이더니 어느 날인가 처음이자 마지막인 답서 한 장이 왔는데 나는 그 편지를 읽고 꿈속의 꿈에듯이 기뻐서 날아갈 듯하였다. 다른 모든 내용도 반갑고 고마웠지만 꼭 한마디 '변함없는 **의**정으로 평생을'이었다.

"그래 용구야, 사랑한다. 변함없는 애정으로 평생을 같이 살면…. 흐흐흐…."

그해 늦가을 어느 날 용구가 갑자기 고향엘 다녀온다는 소식을 듣고 나는 어머니 몰래 어머니 새 옷 두 벌을 훔치고, 용돈을 홀랑 털어 화장품을 사가지고 달려가 그녀의 보따리 속에 넣어주고 역전까지 나가서 배웅하며 영 못 볼 이별처럼 눈물 흘렸다.

그런데 일주일이면 돌아온다던 그녀는 열흘이 넘고 보름이 지나도

오지 않았다.

조바심이 난 나는 큰 어머니께 다그쳐 묻자,

"얘 한용아, 정신 차려라 이놈아! 글쎄 용구가 시집을 갔대는구나. 그 동네 총각에게 호호호…. 너는 닭 쫓던 개 지붕 쳐다보기다. 호호호…. 너는 열심히 공부나 해. 이다음에 훨씬 예쁘고 좋은 여자 중신할 테니 호호호…."

나는 하늘이 무너지는 듯한 허탈감에 그날 밤 눈이 퉁퉁 붓도록 울고 또 울었다.

그로부터 이 년쯤 지났을 때 그녀는 갓난아기를 등에 업은 아줌마의 모습으로 내 앞에 나타났다. 나는 지갑 속에 넣고 다니던 그녀의 편지를 내놓고 소리쳤다.

"여보시오! 허용구 아주머니!! 여자의 마음은 갈대와 같다더니…. 이 '변함없는 애정' 은 누가 쓴 것이요?"

“아니지 한용 학생, 그거는 변함없는 애정이 아니고 변함없는 우정이지, 우정. 우리는 친한 친구 사이였잖아…. 호호호….”

“뭐? 뭣이 ‘의정’이 애정이 아니고 우정이었다고…. 우정! 한 글자가 날 울리네. 흑흑….”

(2003년 12월 16일)

남겨준 사랑
― 내 아내의 첫 제삿날

지금은 눈감고도
걸을 수 있으니
당신이 남기고 가신
사랑 때문이요

이제는 한파 속에서도
가슴속에는 항시
따듯한 물 흐르니
당신이 불어넣었던
입김이었소

갈팡질팡
쓰러지려할 때도
당신은 그 큰 힘으로
나를 부축해 주었소

저만치 앞서간
당신을 따라가며
허덕일 때도
당신은 생긋이 웃으며

어서 오라 손짓해 주었소.

(2003년 10월 24일)

단풍의 노래

홍황색으로 물든 잎들이
역풍을 만나서
목청껏 노래한다
동(東)으로 혹은 서쪽으로
앙증스러운
손짓을 하며
나를 오라 부른다

한 뼘 남짓 뚫린
오솔길에는
다람쥐 한 쌍이
무슨 잔치라도
벌린 듯이
분주히 오고 간다
태양은 빙긋이 웃는데

황금빛 단풍의 노래는
은은히 들려오는데
낙엽을 쓸어 모아
다소곳이 누워 하늘을 본다

눈감아 잠을 청해 본다
행여나 꿈에라도
그리운 임 만나려나….

(2003년 10월 3일 보본대제 참사 후)

Nice Day

4부 | 유언장

유언장

　내 친구 가운데 한 사람은 넉넉한 재산에 아들 삼형제 모두 출세해 행복한 나날을 살고 있습니다. 하지만 이 친구도 40대 후반 사업에 실패해 굶기를 밥 먹듯 하고 자식들은 모두 삐뚤어져 있던 때가 있었습니다. 그래서 신세지는 재산을 걸리하고 8인에 있는 부모님 산소 앞 소나무에 목을 맸답니다. 그런데 그 굵은 가지가 '뚝' 하고 부러지면서 3미터 아래 땅으로 떨어졌는데 다친 곳 하나 없이 멀쩡했답니다. '살라는 뜻이구나' 생각한 친구는 그 길로 돌아와 다시 일을 시작했습니다. 그 즈음부터 자식들도 바른 길로 돌아오고 재산도 점점 늘어났답니다.

　지난여름 이 친구는 막내아들에게 사업체를 물려주고 요즘은 나와 장기, 등산으로 소일합니다. 그런데 그 막내아들 재선이가 날 찾아와 부친에게는 절대 비밀로 해 달라며 털어놓는 이야기가 기가 막혔습니다.

　꼭 이십 년 전, 재선이가 고등학교 3학년 때였답니다. 이놈이 공부는

않고 당구장만 다니느라 용돈이
궁한 나머지 어느 밤 아버지
옷을 뒤졌다는군요. 그러
다 구겨진 오천 원짜리 지
폐 한 장과 두툼한 봉투를
발견했답니다. '이게 다 돈이
로구나!' 생각하고는 얼른 돈 오천

원과 봉투를 훔쳐 자기 방으로 왔는데, 봉투 속에
든 건 편지였다는군요. 그런데 내용을 읽고 소스라치게 놀랐답니다. 바
로 아버지가 내일 할아버지 산소 근처 소나무 가지에 목매달아 죽을 것
이니 할아버지 옆에 묻어 달라는 유언장이었던 것입니다.

　다음날 날이 밝기가 무섭게 재선이는 쇠톱을 들고 훔친 돈 오천 원을
차비로 해서 할아버지 산소를 찾아갔고, 근처 소나무의 큰 가지를 모두
반 이상씩 톱질해 놓았다는 것입니다. 그날 밤 술이 얼큰해서 돌아온
아버지 가슴에 얼굴을 묻고 재선이는 흐느껴 울었답니다.

(월간 〈좋은생각〉 2002년 2월호)

-수필 '유언장'에 대하여

비록 보잘것없는 졸작이지만 그래도 월간 〈좋은생각〉에서 일 년이면 수천 편의 수
필을 발표하는데 그중에서 독자들이 뽑은 2002년 1년간의 제일 '좋은 이야기상'에
당선되어 2003년 1월 1일 상금과 상패를 수상한 바 있는 작품이다. 〈좋은생각〉 편집

과정에서 제목을 바꾸고 작품의 길이도 반 이상 축소된 것임을 알려 드리며….

1. 이 작품은 문화방송 MBC 일요일 프로그램 〈신비한 TV 서프라이즈〉로 각색되어 2003년 추석특집으로 방영된 바 있으며 당시 필자가 직접 출연하여 증언한 바 있었습니다.

2. 이 작품은 (주)도서출판 〈좋은생각〉에서 단행본 만화로 각색, 출간되어 수많은 청소년과 어린이들에게도 읽히고 있습니다.

2008년 4월
필자

사랑은

동풍이 불어들듯이
서풍이 날아들듯이
사랑은 그렇게
우리 가슴 안 깊이
스며드는 것입니다

사랑은 억겁을 굶어도
배고픈 줄 모르며
장님에게 더 잘 보이고
벙어리의 함성이
사랑의 모습입니다

사랑은 모든 바다를
합침보다 더 크고
사랑은 영원히 마르지 않는
천상의 강물이며
끝없이 솟아나는 샘물입니다

주고 주고 또 주고
한정 없이 주어도

항시 더 못주어 목 타는
무한정의 재화가
바로 사랑이란 이름입니다.

(2002년 6월 6일 우거 서재에서)

향선일지(向船日誌)

오늘은 서풍이 불기에
동쪽으로
배를 띄워야 했습니다
내일은 동풍이 불면
서쪽으로
배를 띄워야 할까요?
바람 없는 날은?…

바람 부는 대로
물결치는 대로 살라시는
옛 선인의 말씀은
이미 삶의 종식에 온
부초(浮草)의 삶인가요

모래든, 글피든
돛은 살아가는
우리네 인간의 뜻대로
달아야 합니다
열흘 후, 한 달 후
아니 더 먼 날에도

바람과 동행할 수 없는
엄청난 전쟁의 향선일지를
우리는 적어야 합니다.

(2007년 9월 24일)

업은 아들 삼년 찾아…

- 줄거리 -

충청북도 진천 산골 딸만 여섯인 가난한 딸 부잣집 맏딸로 태어난 강봉순(姜奉順)은 가난이 지겨워 초등학교를 졸업하던 다음해인 열네 살 때 무작정 상경하여 봉제공장에 취직한다. 처음에는 실밥이나 뜯어주고 단추나 다는 보조였으나, 차차 미싱을 익혀서 삼년 만에 유능한 일류 미싱사가 되고 수입도 늘어서 고향 부모님께 생활비를 보내고 동생들 학비를 대어 다섯 동생 모두 고등학교나 대학까지 마치는 동안 16년이 흘렀다. 특히 둘째 여동생 봉실이는 일류대학 무역학과를 나와 ○○무역주식회사 부산지점에 내려가 오피스텔을 전세 들어 자취하며 근무한다.

이러느라 결혼은 꿈도 못 꾸던 봉순이 삼 년 전 봉제공장 근처에서 미니슈퍼를 경영하며 혼자 사는 박창달(朴昌達) 씨와 결혼하여 일 년 만에 아들 일국(一國)을 낳는다.

일국이 태어나고 부부 슈퍼도 손님이 늘어 봉순은 지겹던 미싱을 내려와 남편을 도와 슈퍼를 운영하며 일국이를 키웠으나, 최근에는 바로 길 건너 대형 슈퍼가 생기고 차차 매상이 반 이하로 줄어들자 봉순은 네 살 된 일국이를 방에 두고 봉제공장에 다시 나가기 시작하였다.

다행히 이 봉제 공장도 전과 달리 주 5일, 40시간 근무가 정확해졌고 공장이 한 동네니 점심시간 한 시간은 일국이와 놀아줄 수 있었다. 이런 엄마의 마음을 아는지 어린 일국이는 배만 부르면 슈퍼에 붙은 단칸방에서 하루 종일 혼자 놀며 잠들곤 해주었다. 잘 자면 잘 큰다더니 일국이는 낮잠도 4, 5시간씩 깊이 잠들곤 한다.

그날도 일국이는 점심시간에 달려온 엄마의 품에 안겨 재롱부리며 점심을 꽤 많이 받아먹고 다시 공장으로 출근하는 엄마에게 앙증맞은 '빠이빠이'를 해주었다.

오후 6시 퇴근하자 걸어서 5분 거리인 집으로 달려온 봉순은 가게에서 손님과 무슨 대화를 나누고 있는 남편의 얼굴도 보지 않고 곧장 아들 일국이 있는 방으로 들어왔다.

"일국아! 엄마 왔다! 내 아들 일국이 잘 놀았어?"

어, 그런데 반갑게 달려 들 줄 알았던 일국이가 방엔 없었다. 방이래야 사방 3미터도 안 되는 작은방에 헌 농짝 하나와 한쪽에는 슈퍼에서 팔 상품 상자가 반 이상을 차지하고 있어서 세 식구 겨우 누울 만큼의 공간뿐이었다.

"여보…. 일국이 아빠, 일국이 어디 갔어요? 일국이가 없어요…."

"응, 일국이가 방에 있지 어딜 가…. 또 자는 거 아니야?"

"아니에요. 없어요…. 이 코딱지만 한 방에 어디 있다고…."

"아, 그러면 봉실이 처제가 데리고 나갔군…. 어, 세 시 차로 간다고

했는데…. 허허허…. 부산까지 데리고 갔나…. 어쩌려고 쯔쯔쯧….”

“아니…. 부산에 있는 봉실이가 웬일루 왔대요?”

“뭐, 서울 본사에 출장 왔다가 가는 길이래…. 이 잘생긴 미남 형부나 언니인 당신은 보고 싶지도 않고 오로지 일국이만 보고 싶어서 왔다는구먼…. 하하하….”

“미친년…. 내가 제년 키우고 공부 가르치느라고 얼마나 고생했는데….”

봉순은 핸드폰으로 동생 봉실의 전화번호를 열심히 눌렀다. 그러나 전화는 불통이었다.

(고객님이 전화를 받을 수 없어서 음성 사서함으로….)

“여보…. 봉실이 핸드폰이 공일일 9752에 5100이지요….”

“맞어. 왜 전화가 안 돼? 좀 있다가 걸어보지….”

남편은 별일 아니라는 듯이 서둘러 가게로 나가 버렸지만 봉순은 아니었다.

친 동생인 봉실이 요 며칠동 이기고 인국이를 너무 귀여워해서 데리고 가서 맛있는 것도 사 먹이고 업어주고, 안아주며 물고 빨고 할 테지만 왠지 불안하고 초조하며 허탈감이 엄습하여 좌불안석이었다. 불과 몇 분 만에 전화를 열 번도 넘게 걸어보았지만 역시 불통이었다.

저녁을 지어야 할 텐데 일이 손에 잡히지 않는다. 이미 어둠이 깔리는 길 쪽만 수없이 내다보다가 남편에게 다가가서 신경질적으로 물었다.

“여보! 박창달 씨…. 당신 내 동생 봉실이가 우리 애기 업구 나가는 걸 봤어요?”

“음, 아니…. 저 문으로 나가면서 인사만 했는데…. 주말에 오겠다구…. 그런데 왜 신경질이야? 봉실이 처제가 유괴범인가…. 하하하….”

“나쁜 기집애! 주말이면 아직도 나흘 남았지…. 안 되겠어요! 나 지금 부산 내려갈래요. 일국이 데리러….”

봉순은 쏜살같이 방으로 들어와 핸드백을 찾아들고 나왔다.

“아니, 미쳤어! 여기서 부산이 어디라고…. 헤헤헤 모처럼만에 우리 신혼 맛 좀 보라고 처제가 베푸는 거군…. 잘 됐어, 우리 가게 문 닫고 나갑시다. 오랜만에 영화도 보고 외식도 하고…. 흐흐흥….”

창달은 즐겁게 웃으며 아내의 허리를 끌어안았다. 그러나 봉순은 매몰차게 뿌리치고 가게 밖으로 뛰쳐나가며 소리쳤다.

“흥, 영화…, 외식, 당신 혼자 많이 하세요. 나는 우리 일국이 없으면 한 시간도 못 살아요 !”

어느새 봉순은 쏜살같이 골목을 빠져나와 택시를 잡아탔다.

서울역에 도착한 봉순은 마침 출발 직전인 부산행 고속열차(KTX)에 몸을 실었다. 열차 안에서도 계속 초조한 모습으로 핸드폰으로 동생 봉실의 전화번호만 누르고 있었다.

부산행 고속열차는 바람결같이 어둠 속으로 달려가고 있었다.

그날 밤 10시…. 서울과 부산의 풍경은….

먼저 서울, 방에서 창달이 그릇에 담긴 라면을 후후 불어 식혀 아들 일국이에게 먹이고 있었다.

“냠냠…. 후후…. 아빠, 뜨거…. 뜨거….”

“그래…. 뜨, 뜨거워…. 식혀야지. 후후….”

창달은 라면 가닥을 길게 빼들고 열심히 식히며 아들의 입을 휴지로 닦아준다.

아내 봉순이 부산 간다고 뛰쳐나간 후 창달도 기분이 좋지 않은 채 앉아 있다가 다른 날보다 한 시간쯤 일찍 가게 문을 닫았다.

그래도 저녁은 먹어야겠기에 부엌에서 라면 하나를 끓여가지고 방으로 들어왔다.

라면을 먹으려 하다가 불현듯 아들의 이름이 부르고 싶어서 "일국아! 일국아!" 하고 크게 불러보았다.

이때 윗목에 있는 헌 장롱 문이 스르르 열리고 일국이 팔딱 뛰어나오며 눈을 비볐다.

"웅, 아빠…. 나두 라면 줘…."

"앗, 일, 일국아…! 일국이 거기서 자고 있었구나. 하하하…."

아들을 힘차게 끌어안는 창달의 눈에는 뜨거운 액체가 핑그르르 돌았다.

"일국아!! 일, 일, 일국아…. 너 장롱에 들어가서 여태 잤어? 호호호…"

"웅…. 엄마 빨리와…. 웅, 안녕…."

핸드폰을 통하여 들리는 아내 봉순의 목소리는 환희에 가득 차있었다.

같은 시각 부산, 번화가인 범일동 어느 한식집에서 자매는 마주보고 앉았다.

"그래! 일국아, 일국아, 라면 먹어? 그래…. 우리 일국이 최고야…. 일국이 만세! 국이 만세…. 호호호…. 그래 많이 먹고 내일 만나…. 안녕 일국이…."

봉순은 핸드폰을 끄고 온 얼굴에 범벅이 된 눈물을 닦느라 분주했다.

"호호호…. 호호호…. 1막 3장 연극은 다 끝났우? 언니…. 과연 혼자 보기는 아까운 연극이야…. 호호호…. 아니 일국이가 뭐, 어떻게 됐대요?…. 아들하고 통화하면서 울긴 왜 울어…. 호호호…. 일국이가 고급은 고급인가 봐. 호호호…. 방바닥은 딱딱하니까 장롱에 들어가서 푹신한 이불위에서 주무셨지…. 아니 밖에는 시끄러우니까 조용한 장롱 안에 들어가서 주무셨나. 호호호…."

동생 봉실은 언니를 놀리느라 허리가 꼬부라지도록 웃어젖혔다.

이날 밤 자매는 정녕 오랜만에 허리를 끄르고 맥주잔을 기울이며 흘러간 날들의 이야기, 앞으로 살아갈 날들의 이야기로 밤이 새는 줄 몰랐었다.

(2004년 9월 15일)

초등학생들, 쓸 만한
학용품 운동장에 마구 버려

몇 년 전부터 집 근처 초등학교 운동장으로 새벽 운동을 나간다. 운동장이 지저분한 날은 쓰레기 줍기부터 시작하는데 이 쓰레기들이 전부 쓰레기만은 아닌 데 놀라지 않을 수 없다.

연필, 공책은 물론이고 필통, 삼각자, 그림물감, 신주머니, 도시락 통 등 모두 새것이거나 아직도 한참 쓸 만한 물건들이다. 그래서 처음에는 "아이고, 이놈들이 노느라고 잃어버리고 간 것이겠지" 하고 물건들을 한데 모아서 교무실 앞에 갖다놓았다.

그런데 어느 날 학교 수위 아저씨 하시는 말씀이 "영감님, 이것들도 쓰레기통에 버리셔요" 하는 것이었다.

"허허허…. 이 아까운 것들을…."

어디 그뿐이겠는가?

어느 날은 수위 아저씨를 도와서 함께 청소를 하는데 아주 말짱한 어린이 새 점퍼와 새 신주머니에 새 실내화가 들어있는 것이 그냥 쓰레기

통에 버려져 있기에,

"이것들은 주인을 찾아줘야지…."

"아닙니다. 버린 것들입니다. 요 녀석들이 입기 싫거나 쓰기 싫은 물건들은 모두 운동장에 버리고 가니, 원 여기가 즈네들 쓰레기통인지 쯧쯧…."

수천 명이나 되는 이 학교 어린이들이 자라서 대통령, 국회의원, 장관, 예술가, 정치가 등등 유명 인사가 된다면 학교나 가정에서 무엇을 제일 먼저 배웠다고 말할 것인가?

더욱 가관인 것은 어린이들의 자가용 통학이다.

일반인에게 교정을 개방하는 것은 오전 8시까지이니 내가 교정을 물러나올 때쯤은 어린이들이 삼삼오오 등교하는 시간이다.

그런데 교문에서 10미터도 안 떨어진 곳에서 으리으리한 대형 승용차에서 내리는 어린이들을 종종 볼 수 있다.

"엄마 안녕!" 혹은 "아빠 안녕!" 하고 내리는 초등학교 삼사 학년쯤의 어린이들….

"그래! 공부 열심히 해라. 이따 네 시에 데리러 올게" 하고 차는 미끄러져 나간다.

이런 행위는 어린이를 위하고

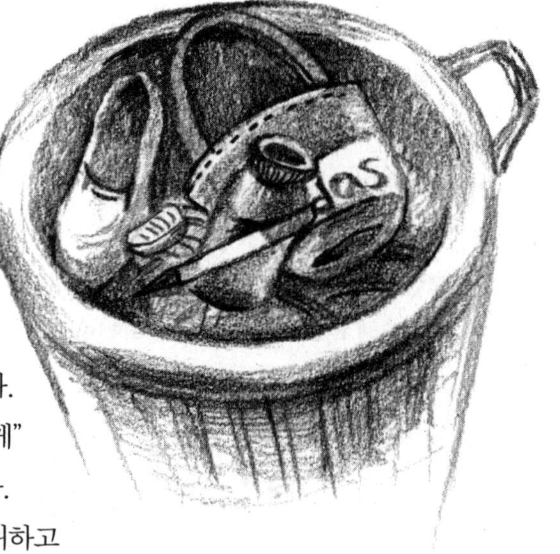

사랑하는 것이 아니라 오히려 걸음마도 못 가르치는 행위이다.

과연 무엇이 진정한 어린이 사랑이고 참다운 교육인지 다시 한번 생각해 볼 때이다.

(월간 〈한국인〉 1996년 2월호)

샘물이 되거라
— 맏딸을 출가(出嫁)시키며

삼십 년을
손 모아 기도한 보람으로
이제야 조그만 꽃을 피우려는
가녀린 딸에게
내 무엇을 더
말하겠는가
단 한마디
부디 행복하여라

늘 초봄
새 아침의 햇살처럼
밝고 명랑하게
사랑!
사랑하며 살아다오

바람이 세차게
부는 날은
남편의 넓은 등을
방패삼고
걸어가는 앞길에

수렁이 있거들랑
그의 건각을 지레삼아
뛰어넘거라

언제나 범사에 감사드리고
언제나 겸손하며
꼭 1등이 아닌 2등만 하더라도
긍정하고
만족할 줄 알아라

나누어 준 사랑은
뭉쳐서 돌아오나니
베풀고 나누어 주면서
무궁한 참사랑을
생산하는
샘물이 되거라
샘물이 되거라.

— 새 둥지를 찾아가는 맏딸을 보내며

(1994년 5월 1일)

작은 종지 하나
― 차녀(次女)를 출가(出嫁)시키며

따스한
너의 가슴 안에는
늘 넘쳐흐르는
사랑을 한가득
담고 살아라

출발부터 종착까지,
시작부터 끝까지
한순간도 변함없이
너는 작은 종지가 되어
그 사랑을
퍼내어 나누거라

언제나 범사에
감사드리고 기뻐하며,
늘 겸손하며
머무는 곳마다
사랑의 작은 종지를
생명처럼 마련하라

태산이 막히거든
밑에서부터 있는 힘을
다하여 파내고
바다가 가로막으면
끝에서부터 퍼 내거라
억겁이 다하는 날까지

그대가 웃으실 때는
더 크게 웃어 드리고
골내거나 불행할 때도
미소로서 사랑을 퍼 내거라
너의 작은 종지로
영원히 꺼지지 않는 빛깔의
행복만의 작은 종지로….

― 아비의 온갖 정성을 네 가슴에

(1994년 10월 2일)

산 노을

태초 이전부터 마련된
오색영롱한 빛들이
억겁을 헤쳐서
산 노을 이곳으로 달려옵니다
온갖 사랑이
탱글탱글 여무는
산 노을 이 자리에

섬섬옥수 정성 모아
소찬을 마련하오니
행운일랑 찬을
삼으시고
더 큰 행복을
소화제 삼아
수복강녕을 한아름 안으소서

가시는 걸음마다
햇살 같은 영광과 대운을
깔아드려서
다시 오실 그날은

대문, 중문 다 열어놓고
돈수백배 하오리다
돈수백배 하오리다.

(2006년 4월 12일 아침)

※ '산 노을'은 우리 평양 조씨 납골당 입구에 자리한 식당의 옥호이다.
주인은 타성(이재학 씨)이시지만 종친보다 더 정성스럽고 고맙게 해주셔서 그 은혜의
만분의 일이나마 보답하고자 식당의 번성을 비는 헌시 한 편을 크게 써서 액자에 넣
어드린 바 있다.

- 필자 도움말 -

쌍둥이의 비밀

- 줄거리 -

28년 전 서울 용산 원효로. 평범한 집안에 맏며느리로 시집온 박향숙 여사는 3년이 넘도록 임신이 되지 않아 시름에 빠져있는 어느 날 새벽 신문을 가지러 대문에 나왔다가 평보에 쌓인 갓난아기를 발견한다.

난지 100일쯤 되어 보이는 갓난아기였는데 얼마나 예쁜지 눈에 넣어도 안 아플 정도였다.

'아! 이것이 하늘이 우리에게 내려주신 보물이다!'

평보 안에는 '사모님…. 태어난지는 꼭 100일째이고, 이름은 종인(鍾仁)입니다' 란 쪽지가 들어있었다.

경사 났네, 경사…. 얼씨구…. 금이야, 옥이야 곱게 곱게 기른 종인이는 초등학교를 나오고, 중학교, 고등학교 모두 전교 톱의 성적으로 졸업하였다. 그리고 일류대학에 입학하여 2학년을 수료하고 군대에 자원입대하여 대한민국의 당당한 군인이 된다.

얼마나 잘생기고 건실한지 많은 여성들의 흠모의 대상이었다.

아! 그러나 이것은 마른하늘에 청천벽력이었으니 종인이 군대를 제대하고 대학에 복학한지 두 달쯤 지났을 때 갑자기 심한 열병으로 앓아 눕게 된다. 처음에는 감기몸살 정도려니 하고 약방 약으로, 또는 동네 병원에서 치료를 받았으나 효과가 없어 큰 병원으로 달려갔는데, 앗! 임파구성 급성 백혈병 진단을 받는다.

당장 특급 병실에 입원을 하여 치료를 받게 되어 온 집안과 온 동리가 시끄러울 정도로 난리가 났던 것이다.

입원 40일 만에 핼쑥한 얼굴에 한 줌 되는 가냘픈 병색으로 퇴원한지 일주일 만에 재발, 다시 입원….

입원 3개월, 퇴원 한 달…. 다시 입원…. 퇴원…. 입원…. 퇴원….

종인의 아버지 김대근 씨와 아내 박향숙 여사는 이 아들을 살리기 위하여 집을 팔고 전세로…. 전셋집에서 다시 월세방으로…. 그뿐인가. 어느 개인회사의 평사원인 아버지는 회사를 사직하고 퇴직금까지 받아다 종인의 치료비로 썼다. 돈이 될 만한 살림도 모두 팔아서 치료비에 보태야 했다.

망망대해 거센 바람 앞에 일엽편주(一葉片舟)인 이 가족이 흘러갈 곳은 어디란 말인가?….

장장 3년이란 세월을 입원, 퇴원, 또 입원…. 퇴원….

이제는 그냥 생을 하직하는 한이 있더라도 다시 병원을 갈 수 없는 처지인 종인이 집에서 어머니의 지극한 정성으로 병세가 많이 호전된 듯한 어느 날, 집 근처 공원 벤치에서 하염없이 앉아 쉬고 있을 때 70세가 넘었을 듯한 할아버지가 종인에게 다가오셨다.

"음…. 자네 이름이… 종… 무엇인가지?"

종인은 벌떡 일어서며 "네, 할아버지. 제 이름은 종인입니다. 김종인. 그런데 저를 아세요?…."

"암, 알지…. 자네가 종인이면 동생이구먼…. 그러면 자네 형인 종철이는 어디 있나? 허허, 많이 자랐군. 청년이 되었으니…. 허허허…. 세월은 유수 같다더니…."

"네? 형이요? 저한테는 형이 없는데요. 외아들이야요. 저의 집에…."

"아니야. 자네는 쌍둥이 형제야! 비록 30분 먼저 세상에 나왔지만 자네에겐 쌍둥이 형이 있어! 분명히 이 팔로 안아도 봤는데…. 허허…. 벌써 이십오 년 전 일이군…."

장몽에서 깨어난 듯 소스라치게 놀라는 종인은 이날 그 공원 벤치에서 자신의 출생의 비밀을 알아내고 하염없는 눈물을 흘린다.

종인의 생모인 김영순은 충청도 진천 산골의 가난한 집에서 태어나 겨우 초등학교를 나오고 지겨운 가난이 싫어서 무작정 상경하여 어느 부잣집에 식모살이를 하다가 주인집 아들놈에게 겁탈을 당하고 임신한 몸으로 쫓겨나서 어느 무의탁 모 시설에서 아들 쌍둥이를 출산했으며, 그 당시 속수무책인 그녀는 종인이는 원효로 아는 집 앞에, 그리고 형인 종철(鍾哲)이는 자하문 밖 부잣집 대문 앞에 버려야 했던 것이었다.

이러한 긴 역사를 이야기해 주신 산중인 유달산(柳達山) 할아버지는 그 당시 종인의 생모가 식모살이하던 집의 정원사로 있었고, 의지할 데 없는 김영순은 자기에게 찾아와 울며 상의하곤 하였단다.

한편, 으리으리한 부잣집들만 사는 평창동 ○○ 물산 주식회사 사장댁 막내아들로 입적되어 호의호식하며 사랑을 독차지하고 자라던 쌍둥이 형인 종철은 초등학교를 졸업하던 해에 회사의 부도로 집안이 쫄딱 망하고 가족이 뿔뿔이 흩어지게 된다.

졸지에 고아가 된 어린 종철은 죽음을 각오하고 오로지 살아야 한다는 일념으로 껌팔이, 신문팔이, 구두닦이, 자장면 배달, 공장 잡부 등 갖은 고생을 다하며 살아왔다. 그러면서도 밤잠을 설치며 독학으로 중고등 과정의 검정고시를 거쳤고, 방송통신대학의 경영학과를 우수한 성적으로 졸업하고, 지금은 구로동 전자제품 회사에서 젊은 과장으로 일하고 있는 것이다.

'옳지! 그래 형을 찾아서 내 자리에…. 그렇지 감쪽같겠구나. 일란성 쌍둥이니까….'

유달산 할아버지로부터 자신의 출생의 비밀을 알아낸 그날부터 종인은 며칠 밤을 새우며 고민을 거듭하였다. 핏줄도 아닌 자기를 이날 이때까지 애지중지 길러주시고 전 재산을 바쳐서 치료해 주신 부모님의 은혜를 만분의 일이나마 갚는 길은, 종철이 형을 찾아다 자신의 자리에 앉혀놓고 떠나는 길이라는 결심이었다.

다음날부터 종인의 산책길은 부잣집 동네인 평창동 길이었다. 원효로에서 버스를 타고 한 시간 거리인 평창동 골목을 날마다 걷고 또 헤맸다.

그러나 전기한 대로 평창동을 떠난지 십 수 년이 된 종철이 형을 찾을 수는 없었다.

이번에는 인터넷 사람 찾기 코너에 자기 사진을 올리며, 이름은 김종철이라고 올리고, 하루에도 몇 번씩 인터넷을 뒤졌다.

그로부터 한 달쯤 지나서 하늘이 도왔는지 구로동 ○○전자주식회사 과장실에서는 이 가련한 형제의 상봉식(?)이 있었다.

두 형제는 누가 먼저인지 모르게 쏜살같이 달려들어 부둥켜안았다.

"형!…. 형! 형이 종철이 형이야? 형… 영. 으, 흐흑흑….'

"종인아!…. 종, 종인아…. 네가 내 동생 종인이냐…. 종인아! 아…. 으, 흑흑흑….'

형제는 힘차게 끌어안고 소리 내어 흐느껴 울고 또 울었다.

사무실의 십여 명의 남녀 직원들도 우르르 몰려 들어와 이 형제의 상봉식을 바라보며 눈물지었다.

"축하합니다. 어떤 분이 형이십니까? 똑 같아요. 아주 똑 같아요….'

"어떤 분이 동생이세요? 사진 찍은 것 같아요…. 어머어머….'

몇 밤을 새우며 이야기해도 형제의 쌓이고 쌓인 이야기는 끝날 수 없을 것이다.

특히 동생 종인이 불치의 병인 백혈병으로 머지않아 세상을 하직해야 한다는 대목에서 형제는 가슴을 쥐여 뜯으며 통곡하고 밤새워 흐느껴 울었다.

다음날부터 형제는 날마다 만났다. 만나서는 길고긴 이야기의 보따리를 끝없이 풀어놓았고 같이 울고, 같이 웃으며 시간 가는 줄 몰랐다. 함께 종인이 입원했던 병원에도 가고, 형 종철이 다니던 공장에도 찾아가 동생을 찾았다고 자랑도 하였다.

형제는 같이 일하고, 식사하고, 놀고 하면서 인간을 창조하신 조물주의 위대하심에 다시 한번 놀라지 않을 수가 없었다.

아무리 일란성 쌍둥이라도 취미, 식성, 버릇, 말투…. 심지어 허벅지 안쪽에 있는 검은 점 하나까지도 똑 같을 수가 있단 말인가? 자신들도

놀라지 않을 수가 없었다.

다시 한 달 후 어느 가을날, 드디어 이들 형제는 서로의 인생길을 바꿔야 할 정거장에 도착한 것이었다,

형 종철이 살던 오피스텔에서 형제는 전라가 된 채 마주 서 있다.

"종인아, 이 팬티도 입어야 하니?"

"그럼요. 어제 어머니께서 빨아주셨는데…. 완전범죄 해야지요…. 흐흐…."

"완전범죄? 그렇지…. 이거 다시 한번 하는 날이 왔으면…."

"얼마나 좋겠어요. 하지만 그것은 하늘나라에 가서나…."

"아니야! 아니야! 기적!…. 기적은 도처에 있는 것이니까…."

"그래요, 기적…. 기적…. 으, 흑흑흑…."

"종인아…. 으, 흑흑흑…."

형제는 다시 한번 끌어안고 끝없이 흐느껴 울었다. 그 밤이 새도록….

종철이 종인의 자리에 와서 산지도 일주일이 지났다.

그날 아침도 어머니 박향숙 여사는 종인(어머니는 완쾌하여 취직까지 한 아들 종인으로 안다)의 와이셔츠와 양말, 손수건을 들고 아직 잠들어있는 침대에 오셨다.

"얘, 종인아! 어서 일어나라. 아무리 완쾌됐더라도 너 큰일 난다! 그 몸에 매일 술타령이니…. 쯧쯧…. 병원신세 진지가 엊그젠데 어쩔려구 그러니…."

"어… 참, 어머님도. 내가 뭐 어린애인가요? 이거 보세요. 내가 얼마나 건강한가…. 하하하…. 이제는 절대 병원에 안 가니까…."

종철은 침대에서 벌떡 일어나 맨손체조를 하며 울룩불룩한 팔뚝의 근육을 어머니께 보여준다.

"호호호…. 그래, 네가 이렇게 건강해졌으니 하나님이 도우셨나보다. 너의 아버님의 기도가 전해졌나보다."

"네?…. 아, 아버님의 기도가?…."

"그래, 너는 몰랐니. 벌써 일 년이 넘도록 매일 새벽 성당에 가서 세 시간씩 기도하신다."

('앗! 종인이 왜 그 말은 안 해줬지….')

종철은 마음속으로 놀라며 서둘러 출근하였다.

형 종철이 살던 오피스텔에는 동생 종인이 늦은 아침을 라면으로 대신하고 다시 침대에 가서 눕는다.

콜록, 콜록…. 기침이 심해졌다. 머리맡에 약은 찾아 들었으나 물 컵에 물이 없다.

물을 떠오려고 침대에서 내려오다 삐끗하여 그만 쓰러지고 만다.

콜록, 콜록…. 기침만 심하고 숨이 가빠서 다시 일어서지 못하고 그냥 벌렁 눕고 만다….

자신의 숨소리가 자신도 듣기 싫게 거칠다.

그로부터 일주일 후 파란 하늘이 드높은 초가을 아침이었다.

서대문 삼성병원 영안실 앞.

한 시간 전부터 와 있던 영구버스에 종철의 친구들과 회사 직원들이 흰 보에 쌓인 관을 운구하고 있다.

"엉엉엉…. 종인아!…. 종인아, 이놈아! 이 나쁜 놈아…. 네가 이럴 수가 있니…. 나를 두고 너 혼자 가면 나는 어쩌란 말이냐…. 종인아! 어엉엉…. 종인아!…. 조, 조, 종인아…. 으, 흑흑흑…."

땅바닥에 대굴대굴 구르며 통곡하는 종철을 친구들이 부축하여 차에 오르게 하고, 차는 서서히 골목을 미끄러져 나간다.

(2004년 9월 7일)

백의민족, 백설공주, 백옥, 백화…. '흰 백(白)' 자는 이처럼 깨끗하고 아름답기만 한 글자인줄 알았는데, 밑에 '피 혈(血)' 자만 붙으면 가슴 찢는 한탄의 글자이고 몸부림치는 통곡의 글자이니 가상의 인물이지만 안타깝게도 비명에 간 김종인(金種仁) 군의 명복을 빈다. 아니 백혈병(白血病)이라는 아귀 같은 병명으로 세상을 하직한 무수한 아까운 영

혼들에게 영생의 안녕을 빌고 또 비는 바이다.

　필자도 1983년 7월 7일 금쪽같은 외아들을 열일곱 살(중 3)까지 키워서 백혈병이라는 무서운 병명에 저 세상으로 보내고 수많은 날들의 밤을 흐느낌으로 지새우며 살아간다. 놈이 지금 살아있으면 42세가 되었을 것이니 유능한 사회의 일꾼이 되어 있을 것이고, 불구자 이 애비가 못하는 일들을 척척 알아서 해낼 수 있었을 것인데….

　'이놈!…. 너 거기 기다려라! 이 애비도 금년에 70이니 너에게 갈 날이 얼마 남지 않았다. 너, 그때 1982년 가을 어느 날 내 서재에서 두던 장기의 결판을 내야 할 것 아니냐? 이 애비가 연거푸 두 판을 지고, 막판을 두던 장기는 내가 거의 다 이겼는데 친구 만난다고 그냥 나가지 않았느냐? 이번에는 애비가 승리다. 기다려라. 장기판 들고 갈 테이니….' 2008년 4월 20일 조한용

보이는 것은

골목길 돌아서
눈 들어 앞을 보면
휭 하니 비어있는
신작로에 보이는 것은
저만치 앞서서
달려가고 있는
당신의 뒷모습뿐이오

운동장 한 구석에
웅크리고 앉아서
눈을 크게 떠도
눈을 힘껏 감아도
보이는 것은
환하게 웃는
당신의 얼굴뿐이오.

(2003년 11월 5일)

내 아내의 선물

지금은 내가
당신에게
무엇을 바치나요
잠 못 드는 깊은 밤이나
악몽에서 깨어난
첫 새벽에도
당신은 살며시
찾아와서는
그 많은 이야기들을
그 뜨거운 입김들을
선물하고 가시는데

나는 어렴풋이
당신을 맞이하고
그저 멍하니
당신을 배웅할 뿐이요
받기만 하고
줄 수 없는 사랑이
내 가슴 안에
압축된 공기처럼

가득가득
차 가고 있을 뿐이오.

(2003년 10월 8일 새벽)

물비누를 훔쳐 먹고

금년 65세인 나는 작년 겨울 하던 사업을 모두 직원들에게 물려주고 가정주부(家庭主夫) 겸 간병인으로 직업을 변경할 수밖에 없었다.

3년 전부터 병석에 누우시어 대·소변까지 받아내야 하는 83세 노모의 병간호를 하던 주부인 아내가 작년 가을 먼저 저 세상으로 떠난 것이다.

갑자기 당한 일이라 갈팡질팡하며 모친을 병원에 입원도 시켜보고, 다시 집으로 모셔서 파출부도 써보고, 간병인도 채용해 보았지만 모친은 이 장남이 차려다 올리는 식찬이 아니면 한 술도 뜨지 않으셨다. 그리고 매일 목욕도 이 아들이 시켜드리지 않으면 열 번이고 백 번이고 다시 씻기라고 고래고래 소리치시니….

바로 3일 전 음력으로 5월 5일 단오절이었다.

'오늘이 오월 단오니 창포물은 아니더라도 따듯한 물로 머리나 감겨

드려야지…' 하고 어머니 방문을 열려는데 전화벨이 울렸다.

일 킬로미터도 되지 않는 한동네 사는 둘째딸네 집 목욕탕 수도꼭지가 고장 나서 물이 분수처럼 치솟고 있단다.

서둘러 연장을 챙겨서 자전거로 딸네 집으로 달려가 계량기 옆 가랑을 잠그고 욕실 수도꼭지를 고쳤다.

실험하느라 물을 많이 받았기에 그물로 세면도 하고 머리도 감았는데, 딸네 집 물비누(샴푸)가 얼마나 고급인지 향기도 좋고, 머릿결이 당장 부드러워지는 느낌이었다.

'옳지! 이걸 좀 갖다가 어머님 머리를 감겨드려야지…. 그런데 어떻게 훔쳐가지…. 옳지, 입 안에 물고 가자.'

나는 이 물비누를 한 옴큼 짜가지고 입 안 가득히 물었다.

"아빠, 수고하셨어요. 고마워요. 진지 잡숫고 가셔요. 다 차려 놨어요."

딸이 애비를 앉히려 했지만 나는 아무 말도 못하고 벙어리처럼 바쁘다는 흉내만 내고 서둘러 자전거에 올라탔다. 입 안에 한가득 물비누를 물었으니….

"아이, 아빠 화나셨나봐. 죄송해요, 아빠…."

딸이 무안해 하는 것도 모른 체하고 거의 집 앞에 다 와서 갑자기 자동차와 부딪칠 뻔하면서 그만 입 안에 가득한 물비누를 꿀꺽 삼키고 말았다.

"아! 으윽…. 꿱꿱…."

온 창자가 뒤집혀 올라오는 듯 토하고 또 토했지만 헛구역질만 하루 종일 계속하였고, 속이 미식거리고 울렁거려서 음식은커녕 물 한 모금 도 마실 수가 없었다.

병원에 가볼까도 생각했지만 더러운 뱃속을 고급 샴푸로 청소했으 니 오히려 보약이라 생각하며 참기로 하였다.

집에 있던 소주를 반병씩 따라 두 번이나 마셨지만 역시 모두 토해내 고 말았다. 위장 안에 있는 물 한 방울도 남기지 않고 모두 토해내기를 몇 시간이나 계속하는지….

그런데 이렇게 토하고도 또 무엇이 남아있는지 그날 오후부터는 항 문으로 물총을 쏘듯이 설사를 계속 하는 것이었다.

평생 땡전 한 잎도, 쌀 한 톨도 남의 물건에 손대보지 않고 살아온 내 가 늘그막에 비록 딸네 재산(?)이지만 물비누 한 모금 훔쳐 먹었다고 이 렇게 가혹한 형벌이 내릴 줄이야…. 오! 신이시여, 용서하소서.

(2003년 6월 6일, 월간 〈좋은생각〉 2003년 10월호)

낙화(洛花)

마당에 꽃이 지니
짓밟지는 말아주오
떨어진 꽃이라고
꽃이 아니겠소
봉오리 때는
꽃이라 말 못해도
낙화는 분명히
꽃일진데…

어느 때 졌는지
시각을 알아 내어
쓸어 모아 제단을 마련하고
수신제가 정성 드려
제사라도 올릴까요
초헌, 아헌, 종헌
내 순서는 언제일지….

(2006년 11월 5일)

시원(始原)에 앉아서

날마다 세어봅니다
내 가슴속의 시원(始原)에는
모두 몇 구루의
나무가 남아있는가
그 남아있는 나무들이
동화작용을 하는가…
잎은 아직 푸르른가
아주 작은 바람에도
뚝뚝 떨어지는
낙엽은 아닌가

나는 날마다
내 마음에 남아있는
풋풋한 시원에
들어앉아서
떨어지는 잎들을
헤아리고 있다

몸부림치듯이
아우성치듯이

남아있는 잎들을
주워 모읍니다.

(2003년 10월 10일)

흔적(痕迹)

날마다 창가에 와서
도란도란
정다운 이야기하던
그 아름답던
이야기 소리는
지금은 어데 가고
적막뿐이오

순간마다 등 뒤를
보드라운 솜털로
간질여 주던
그 사랑스런
손길은 어디로 갔는지
지금은 차가운 바람 되어
세차게 밀어 치오

태양은 잠들고
새들은 둥지에
들었으니
지금은 오밤중이오

캄캄한 밤
적막강산에
나 홀로 나 홀로….

(2003년 10월 28일)

감 장수

금년에 일흔세 살 말띠 조 영감은 지난겨울 어느 날 잠시 감 장수를 한 적이 있는데 순식간에 7,000원을 밑지는 장사를 하고도 싱글벙글 웃기만 하시니 망령이 나신 것도 아니고 무슨 영문인가 이야기를 들어보기로 한다.

그날 오후 조 영감은 집에서 기르는 열대어 먹이를 사오려고 나서는데 50년 이상을 한방 쓰는 할망구가 연시감이 먹고 싶다고 사다 달란다.

"그러지 뭐. 먹고 싶은 건 먹고 살아야지…. 변비라도 걸려서 고생하는 건 책임질 수 없으니 실컷 먹도록 내 한 보따리 사 오리다…."

조 영감은 열대어 먹이를 사고 바로 과일가게로 갔다.

제법 먹음직스러운 연시감이 개당 2,000원씩이고 만 원에는 여섯 개를 준단다.

만 원어치 감 봉지를 들고 막 돌아서려는데 여남은 살쯤 되어 보이는 사내 어린이와 더 어린 예닐곱 살쯤 되는 계집아이가 손을 잡고 가게로 들어오더니 같은 감 두 개를 들고 천 원짜리 한 장을 내며 깎아달라고 졸라댄다.

"허허허…. 그놈 참, 안되지. 한 개 이천 원짜리를 어떻게 두 개에 천 원에 팔아! 어서 집에 가서 삼천 원 더 갖고 와라…."

"하하하…. 그러니까 너는 돈이 천 원밖에 없는데 감은 하나씩 먹고 싶은 게로구나. 이리 온 내가 팔지 두 개 천 원에…."

조 영감은 자기 감 봉지에서 연시감 두 개를 꺼내어 두 어린이에게 한 개씩 들려주고 천 원을 받았다.

"고맙습니다, 할아버지. 헤헤헤…. 냠냠…."

"감을 팔아주셔서 감사합니다."

두 아이는 즉석에서 허기진 아이들처럼 감 한 개씩을 먹어치웠다.

"그래…. 감을 팔았으니 감사한 거고 사과를 팔았으면 사과할 뻔했구나. 허허허…."

조 영감이 유쾌히 웃으며 과일가게를 나와서 얼마쯤 왔을 때 "할아버지!" 하고 부르며 좀 전의 그 어린이들이 헐레벌떡 달려오고 있었다.

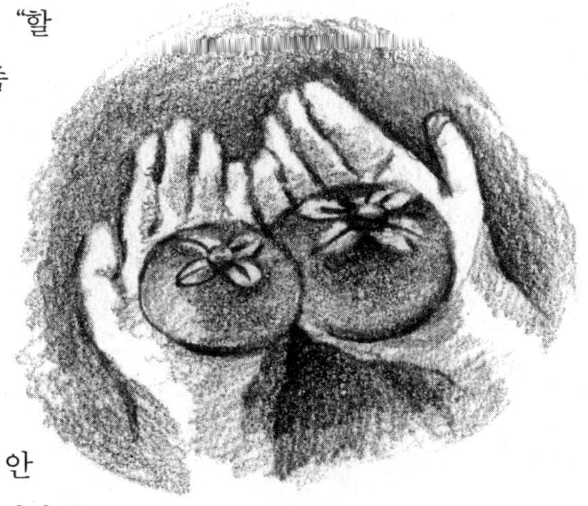

"응! 왜 무슨 일이냐?"

"할아버지, 그 감 천 원어치만 더 주세요."

"뭐, 감을 또 팔라고?…. 안 되는데…. 이것은 집의 할머니 줄 건데…. 허허허….”

“에이 할아버지, 그런 게 어디 있어요. 감 장수가 감을 안 팔다니요. 저도 집의 엄마랑 형아에게 하나씩 줄려고 사는 건데 어서 천 원어치 더 주세요. 네 할아버지….”

“그래! 너는 참 착한 아이로구나…. 네가 먹을 게 아니고 어머니랑 형에게 줄 것이라니 또 파는 거다. 하하하….”

감 두 개를 더 천 원에 팔고 달랑 두 개 남은 감 봉지를 들고 거의 집에 다다랐을 때 전혀 다른 두 어린이가 앞을 가로막고 천 원짜리 지폐를 내밀며 감을 팔라고 한다.

“안녕하세요? 할아버지, 우리도 감 천 원어치만 주세요. 헤헤헤….”

“아니! 이제 안 판다. 이 감은 우리 집 할머니에게 줄 건데….”

“에이 할아버지. 그런 법이 어디 있어요? 감도 사람 골라서 파나요? 어서 주세요! 이 돈도 똑같은 천 원이에요….”

“응 그래. 그, 그럼 똑같은 천 원이지…. 여, 여기 있다. 감 두 개….”

조 영감은 남은 감 두 개를 봉투째 내줄 수밖에 없었단다.

(2003년 10월 20일)

조, 손 이제(祖, 孫 二題)

금년에 일흔세 살이신 말띠 조 영감에게 큰딸에게서 난 초등학교 3학년에 다니는 열 살짜리 김수철이라는 외손자 놈이 있다.

지난 일요일 큰딸이 수철이를 데리고 와서는 나에게 어려운 부탁이라고 수철이 이발 좀 시켜달라는 것이다.

집에서는 아무리 달래고, 때리고, 야단을 쳐도 이발을 않겠다고 난리를 쳐서 벌써 두 달째 이발을 못시키고 있다는 것이다.

조 영감은 수철이를 불러서 과자 사먹으라고 천 원짜리 한 장을 쥐어주고 나서 "수철아, 우리 동네 이발소에서는 하나도 안 아프게 자알 깎아주는 이발소가 있으니 나하고 이발소엘 가자. 응…" 하고 달래기 시작하였다.

"할아버지, 나는 아파서 이발을 안가는 게 아닌데요."

"뭐? 그럼 왜 이발을 않겠다는 것이냐?"

"손해나니까 이발은 안하겠어요. 이발은 엄청난 손해거들랑요…. 헤

헤헤 할아버지는 그것도 모르시나봐…."

"허허허 이놈 보게. 네 머리를 예쁘게 잘라주는데 뭐가 손해란 말이냐?"

"에이 할아버지도 참. 그러니까 손해지요. 비싼 밥 먹고 키운 내 머리를 사정없이 싹둑싹둑 짤라가구는 내 머리털 값은 안주고 오히려 이발 값을 받으니까 손해지요…."

"흥 그, 그렇구나. 그러니까 너는 아까운 네 머리털 값을 받아야 이발을 한단 말이구나. 하하하, 그럼 가자. 네 머리털 값을 받아주마…. 허허허…."

　이발소에 도착한 조 영감은 이발사를 불러내어 수철이놈 모르게 이발료에 보태어 만 원짜리 한 장을 맡겨놓고서야 이발을 시킬 수 있었다.

　수철이가 싱글벙글 웃으며 만 원을 들고 이발소를 나와서는 할아비에게 설렁탕을 사주겠다고 잡아끈다.

　"겨우 머리털 판 값으로 설렁탕 사먹느냐. 하하하…."

　조손간에 설렁탕 한 그릇씩을 비운 후에 수철은 앞장서서 나선다.

　"설렁탕 값은 내야지. 좀 전에 머리털 판 돈으로 허허허…."

　"에이 할아버지 여기는 지금 돈 내는 집이 아니에요. 저길 보세요. 지금은 외상시절이래요. 헤헤헤…."

　"무, 뭣이라고 외, 외상시절?…."

　으레 식당 벽에 붙여놓는 '**외상사절**' 이라는 안내문이 이 집에는 붉은색 테이프로 오려서 글자를 만들어 붙였는데 누가 장난하느라 그랬는지 사절이라는 '**사**' 자의 점을 떼어내어서 외상시절이라고 붙어있으니 수철이놈은 설렁탕 값은 외상이라고 그냥 가자는 것이다.

　조 영감은 카운터에 설렁탕 값을 지불하며 주인에게 "저 벽보를 **외상시절** 말고 **현금시절**이라고 고치시요…. **외상시절**은 남북통일이나 된 후에 하셔야지…. 허허허…."

(2003년 11월 5일)

대합실(待合室)

인생은 서울역 대합실입니다
정해진 시간에 떠날
열차들은 우렁찬
출발의 기적을 울려도
승객은 순서가 없습니다
먼저 왔다고 먼저 타지 않습니다
나중 왔다고 나중 타지 않습니다

우렁찬 기적소리
목 쉬인 기적소리
아무리 외쳐도 자기의 승차 순이
아니라고 버티는 군중이 보입니다
아직 시동이 없는 기차에
너나할것없이
앞 다투어 타고 있습니다

출발! 출발을 목 놓아 외쳐도
기차는 한걸음도 앞서지 않습니다
떠나야 할 기차는 미동도 않는데
이미 떠나버린 기차를

놓쳐버린 군중들이
흐느끼며 발을 동동
발버둥칩니다.

(2006년 8월 8일)

납골당 묘전에서

천 년, 만 년 뫼시고자
돌로만 집을 지었습니다
좌청룡(左靑龍) 우백호(右白虎)
용혈사수(龍穴砂水) 다 찾아서
해 도는 남향으로
명당 찾아 앉혔습니다
손바닥으로 잔디를 달랬고
정괭이로 식수(植樹)를 떠받혔습니다

합장하고 무릎 꿇어
정성 재배 올리고 나니
이역만리 헤매시던 역대 조상님들이
한걸음에 달려오시어
환히 웃으시며
돌아온 탕아를
어루만져 주시려나

살아 실제 섬기지 못한
불효막급(不孝莫及)의 통한이여
뫼신 후에도 세욕에 헤매느라

쉬 찾아뵙지 못했으니
동창인들 열어주시려나
출입문인들 빼꼼이나 하시려나
참회의 눈물이 강물보다 적지 않으리오.

(2006년 9월 15일)

석화(石花)

지금은 모두들
떠날 준비에 분주합니다
어디서 또 만나리라는
약속은 없지만
가슴 안에 요원의 불길처럼
피어나는 석화(石花)는

새처럼 하늘을 날듯이
솜털처럼 가벼웁게
날아갈 창공에 손짓합니다
반갑게 만나면 꽃 피우고
태양이 웃는 날 향기 나는데
석화라고 미움만인가
석화라고 차가움만인가

이제는 돌아보니
석굴암도 돌 사랑이고
첨성대도 돌 만찬인데
나는 石花 앞에서
고요한 기도를 계속하렵니다

하늘가에 석화가

훨훨 휘날리는 날

나는 비로소

슬픔에서 건져낸

새날을 노래하렵니다

석화가 뚝뚝

내 뜰에 지는 날까지….

※ 이 글은 필자가 평양 조씨 종친회 총무 일을 보면서 종중 납골당을 건립하기 위하여 여러 차례 방문하였던 천안시 아우내장터 근방에 위치한 성재회사 제서서재 김제일(金濟逸) 사장님께 써드렸던 졸작 헌시 한 편이다. 늘 친절하시고 후덕하셨던 사장님의 앞날에 더 큰 영광이 함께하시기를 비는 마음 간절하다.

– 필자 도움말 –

Nice Day

5부 | 아! 피, 그래 너 고맙다

요놈! 범인은 바로 너구나

아내가 세상을 떠난지 5년이 지나도록 나는 안경을 바꾸지 않았다. 세 딸들이 번갈아가며 새 안경을 사주겠다고 했지만, 나는 아직 쓸 만하다며 고집을 부리곤 했다. 아내가 살아 있을 때 아침마다 입김을 호호 불며 닦아 주던 안경에는 여전히 그 사랑의 온기가 남아있는 듯해기 때문이다.

그런데 지난 일요일 막내딸이 제 차에 나를 태우고 안경점으로 데려갔다. 나를 억지로 끌어내리니 하는 수 없이 새 안경을 맞추었다. 최신 기계로 시력 검사를 하고 새로 맞춘 안경을 쓰니 세상이 달라보였다.

"야아! 잘 보인다, 잘 보여. 마치 딴 세상에 온 것 같은걸, 허허…."

나는 모처럼 유쾌하게 웃으며 집으로 돌아왔다. 그러나 엘리베이터를 타는 순간부터 나는 소스라치게 놀랐다. 엘리베이터 안이 온통 먼지와 때로 가득했던 것이다. 복도 또한 긁힌 자국과 스티커 자국 등으로 지저분하기는 마찬가지였다.

어디 그뿐인가. 집에 들어온 나는 깜짝 놀랐다. 집안이 먼지와 때, 쓰레기로 가득해 사람 살 집이 아닌 것 같았다. 나는 작심하고 청소를 시작했다. 냉장고, 싱크대, 유리창 등 보이는 대로 반짝반짝 윤이 나도록 닦았다. 이렇게 사흘간 중노동을 하고 나니 몸살이 났는지 오른쪽 팔을 들 수가 없고 허리가 부러질 듯 아파 일어설 수도 없었다. 병원에 다녀와서 낮잠을 한숨 자고 나니 책상 위에 놓인 새 안경이 보였다.

"흥, 요놈! 범인은 바로 너구나."

나는 슬그머니 새 안경과 옛날에 쓰던 안경의 자리를 바꿔 놓았다.

(월간 〈좋은생각〉 2008년 4월호)

세 눈(三眼) 세 귀(三耳)

한 눈은
찬란한 빛을 향하여
크게 떴는데
한 눈은
지척을 분간 못할
암흑이니
보통을 보는, 중간을 보는
눈 하나가 더 필요하오

한 귀는
아름다운 음악이 들려오는데
한 귀는 온통 공해에 찌든
폭음이 고막을 찢는 듯하오
양 귀를 다 막고
고요한 소리, 정다운 소리만 듣는
또 한 귀가 필요하오.

(2008년 2월 2일)

행로(行路)에서

응시하는 눈길 속에
전신을 녹아낼 듯한
사랑이 담겨있었기에
오늘을 숨쉬고
한시도 쉬지 않고
애무하는 손길이 있어
지금 살아가고 있소

비틀비틀 쓰러질 듯
쓰러질 듯 할 때마다
뜨거운 손길로
부축해 주었기에
두 눈을 크게 떠서
앞만 보고 앞만 보고
걸어가고 있소

당신의 이름은
사랑 그것이었소
당신의 행동은
희생 그것이었소

당신의 행로는
나의 마음속
중간을 걸어가고 있소.

(2003년 10월 30일)

좋은 님 가는 길

지금 떠나려
하시는 지요
첫걸음을
내 디딘지
한동안인데

아직도 그 자리에
머물고 계시는지요
아니, 지금
출발의 신호가
켜진 건가요

앗! 빠르네요
그 걸음의 속도가
머물러보세요
그 걸음을
돌아서보세요
당신의 모습을
내게 보이며

돌아서기 싫다면
그냥 멈추어보세요
당신의 뒷모습이나
오래오래 보고프오.

(2004년 6월 7일)

깡통 값

"이놈! 어서 종아리 걷어!"

이상한 일이다. 오늘 아침만하여도 엄마와 내가 합심하여 부추겨야 겨우 일어나서 미음을 드실 수 있는 중환자인 아버지께서 혼자서 벌떡 일어나시어 매를 드셨다.

다름 아닌 두 배 이상을 받아온 깡통 값 오천 원으로 인해 또 한번 즐거운 매 맞기 선물을 받는 시간이었다.

6·25동란 피난지에서 돈 벌러 가신다고 마산행을 타셨던 아버지께서는 일 년간의 객지 생활에 병만 얻어가지고 맨손으로 돌아오셨고, 엄마와 나는 당장의 호구지책과 아버지 약값을 벌기 위하여 이촌동 미군부대 쓰레기 집화장에서 두레박 만드는 깡통을 사다가 닦아서 시장 그릇가게에 파는 깡통 장수를 할 수밖에 없었다.

2리터용 깡통은 당시 쓰레기장에서는 개당 5원씩에 사와서 깨끗이 닦고 찌그러진 곳을 펴서 그릇가게에 가면 개당 40원씩을 받았다. 물론 그 그릇 가게에서는 80원이나 100원도 받고 판다고 하였다.

그날도 학교에서 돌아온 나는 서둘러 작업복으로 갈아입고 어젯밤 늦게까지 닦아놓은 깡통 50개를 딸딸이 구루마에 주섬주섬 싣고, 고무줄로 얼기설기 묶었다.

원래는 10개씩 들어가는 마대에 담아야 하지만 시장이 가깝고 또 급히 다녀와야 아버지 약을 사다놓고 쓰레기장에 깡통을 사러가야 하기에 급한 마음에 그냥 실었는데, 부피가 얼마나 큰지 깡통 짐이 내 키보다 높아 쓰러지지 않을까 위험한 꼴이었다.

중학교 2학년짜리 남학생, 키는 겨우 130cm. 한쪽다리를 저는 반신불수 불구자는 찔뚝찔뚝 조심조심…. 겨우 골목 밖을 나와서 몇 걸음 갔을 때 강통 더미는 우르르 무너져서 넓은 온 신작로에 삐라를 뿌려놓은 듯 흩어져 떼굴떼굴 굴렀다.

"이크! 이걸 어쩌지…. 이걸 쯧쯧…."

나는 눈앞이 아찔했지만 행인들의 도움을 받으며 다시 주섬주섬 실을 수밖에 없었다.

마음은 급한데 손은 곱고 몸이 말을 안 들으니 한 시간 이상을 헤맨 것이다. 겨우 다 싣고 다시 출발했지만 몇 걸음 못가서 다시 우르르 무너졌다. 이번에는 먼저보다 더 넓게 흩어져서 비탈길 저 아래까지 깡통들이 떼굴떼굴 굴러서 흩어져갔다.

"아! 이걸 어쩌지 이걸…. 흐흐흑…."

나는 너무 지치고 온몸에 한줌의 힘도 남지 않아 그 자리에 주저앉아 흐느껴 울었다.

얼마를 흐느껴 울다가 깜박 잠이 들었는데 누군가 흔들어 깨우는 사람이 있었다.

깜짝 놀라 눈을 뜨니 날은 어느새 어두워져 있었고, 40대쯤의 두 아저씨가 웃는 얼굴로 물었다.

"이 깡통 팔 거지? 얼마씩이냐? 모두 몇 개인데…."

"네! 네 모두 50개구 40원씩 받아요. 깡통 사실려구요?"

"그래 내가 모두 사마. 한 개에 백 원씩 오천 원을 주지. 예 있다 오천 원…."

한 아저씨는 천 원짜리 지폐 다섯 장을 내손에 쥐어주고, 한 아저씨는 멀리까지 흩어진 깡통들을 한 군데로 부지런히 주워 모았다.

"아닌데요. 이천 원인데요. 한 개에 40원씩이니까요…."

나는 너무 황송하여 어쩔 줄 모르며 지폐 석 장을 돌려드리려 했다.

"아니다. 나는 오천 원 아니면 안 산다. 이 깡통은 100원씩 사도 싼 것이다. 어서 집에 가거라. 배고프지? 하하하…."

"그, 그, 그래도 이렇게 많이 흐흐흑…. 고, 고맙습니다. 고맙습니다…."

나는 열 번도 넘게 허리 굽혀 절하고 흐느껴 울며 고마운 아저씨들과 작별해야 했었다.

(2003년 2월 4일)

추석전야

드높이 떠오른 보름달이
빙긋이 웃는다
무슨 기쁨 있느냐고
어떤 슬픔 감췄느냐고
소슬 바람이 구름을 밀어내니
새하얀 달무리
내 마음 뚫어본다

열 걸음 걸어도
백 발짝 달려도
가도 가도 끝없는
인생행로인데
달빛이 내 등을 떠미네
어서어서 가라고
고향을 잃었거든
마음의 안식처라도
찾아 떠나라고…

가라가라 등 밀어
섭섭한 발걸음 떠나지만

누구 하나 이 이별(離別)설어 하려나
오라오라 손짓하여 달려온들
누구 하나 뜨거운 손 잡아주려나
허허한 새벽 벌판에
차가운 이슬만
소록이 내리네.

(2006년 10월 5일)

만능 침대

우리 집 보물 제1호는 금, 은, 보화가 아닌 바로 병석에 계신 당년 88세의 우리 어머니가 6년째 누워계시는 만능 침대이다. 잠잘 때만 쓰는 것이 아니니 생대(生臺), 또는 거대(居臺)래야 맞을는지 모르겠다.

30여 년 전부터 관절염으로 고생하시던 어머니는 몇 차례의 입원과 수술을 받으시고 겨우 지팡이에 의지하여 노인정은 다닐 수 있었는데, 팔 년 전 어느 날 낙상하신 후는 백약이 무효하여 자리에 누우신 후 오늘까지 대, 소변을 받아내야 하는 중환자시다.

엎친 데 덮친 격으로 시모의 병수발을 해야 하는 맏며느리인 아내마저 잔병치레로 하루걸러 병원을 드나들었고 일 년이면 두세 차례 입원 치료를 계속하는 환자였다. 그러나 어쩌랴! 그 몸으로 매일아침 50킬로그램이 넘는 모친을 목욕탕까지 끌어다 전신 목욕을 시키고 다시 방으로 끌어다 누이고 밥을 차려다 드리는 고통의 나날을 보내던 아내는 그만 지쳤는지 6년 전 가을 먼저 저 세상으로 떠나고 말았다.

갑자기 당한 일이라 당황한 나는 어머니를 병원에 입원도 시켜보고, 다시 집으로 모셔다가 간병인도 채용해 보고, 가사 도우미도 채용해 보았다. 그러나 그녀들도 모두 한 달을 못 견디고 사표 내고 달아나곤 하였다.

그녀들이 제일 못 견디는 것은 하루 3, 4회씩 해야 하는 어머니 하체 목욕이었다. 퇴행성관절염이라는 병이 다리만 아플 뿐이지 위장은 멀쩡하니 식욕은 오히려 왕성하시어 큰 것, 적은 것 배설물을 어쩌랴! 또 그 악취는 코를 들고는 살 수 없는 지경이었다.

그래서 연구, 제작한 것이 바로 실용신안 특허감인 우리 집 1호 보물 만능 침대이다.

나는 며칠 밤을 새워 연구하여 설계를 마친 만능 침대를 제작하기 시작하였다.

다행히 어머니 방은 화장실과 붙어있으니 금상첨화였다.

• 우선 어머니 방 화장실 쪽에 가로 1m, 길이 2,5m를 벽돌로 쌓아서 침대를 만들었다. 물론 바닥은 흙으로 메우고.

• 화장실 벽을 뚫고 온수와 냉수의 수도를 끌어다 침대의 아래쪽 벽에 샤워시설을 설치했다.

• 바닥에는 하수구를 묻어서 화장실 하수구와 연결하였다. Y자형 하수구를 사용하여 물이 고였다가 밑 물부터 빠지니 전혀 냄새가 나지 않는다.

• 화장실 기존 변기를 15cm쯤 높이고, 그곳에 굵은 플라스틱 파이프를 연결하여 새로 만든 침대까지 끌고 와서 엘보를 끼워 위로 올리고 침대위에 수세식 변기를 하나 더 설치하였다.

• 침대 바닥은 방바닥 모양으로 곱게 세멘 하고 침대 모서리는 빙 둘러 5cm쯤 턱을 만들고 위에 비닐장판을 붙이고, 그 위에 전기장판을 설치하였다. 전기장판 옆은 비닐 테이프로 두 겹, 세 겹 단단히 붙여서 절대 물이 새어들지 않도록 하였다.

• 침대 위 1m쯤에 버스 손잡이처럼 스테인리스강 파이프로 손잡이를 만들고 변기위에도 장애인용 변기처럼 스테인리스강 파이프를 구부려 손잡이를 만들어 설치하였다.

그 외에도 창에는 식당용 환풍기를 설치하고, 25평형 고급 공기청정
기를 다는 등 거금 2백만 원을 투자하여 일주일간의 노고 끝에 우리 어
머니 백수까지라도 편히 모실 수 있는 훌륭한 병실이 마련되었다.

이 조그만 연구 시설로 간병인, 도우미 두 사람 몫을 힘 안들이고 해
낼 수 있게 되었으니 이 어찌 우리 집 가보 1호가 아니겠는가.

이 시설을 만들고 처음 1년간은 어머니 목욕을 매일 시킬 필요도 없
었다. 그때는 수족에 힘도 조금은 있으셨고, 대변이고 소변이고 변의
(便意)를 느끼실 때이니 마려우면 침대 옆에 설치된 스테인리스강 손
잡이를 잡고 일어나서 변기로 가서 역시 변기 옆 손잡이를 잡고 올라앉
아서 혼자 용변을 보실 수 있었으니…. 그러나 지금은 변의를 못 느끼
시니 언제 나오는지 본인이 몰라서 싸시고, 또 변의를 느끼신다 하더
라도 양다리에 힘이 한 톨도 남아있지 않으시니 못난 불효자 장남 이
아들의 두 손이 만년 화장실이고 만년 목욕기일 수밖에….

그러나 나는 조금도 힘들지 않고 괴롭지 않게 앞으로 10년이고, 20년
이고 편안히 어머님을 모실 수 있다. 그것은 바로 이 우리 집 가보 1호
가 있기 때문이다.

오늘 아침도 7시 정각에 어머니 방에 들어가서 불과 30분 만에 어머
니 전신목욕에 머리까지 감겨드리고 온몸을 뽀송뽀송 말려서 새 옷까
지 입혀드리고, 가벼운 안마로 전신운동을 시켜드릴 수 있었다. 내 방
보다 오히려 은은한 비누냄새가 더 좋았다.

"어머니, 어느새 여의도에 벚꽃이 만발했대요. 오늘 꽃구경 갈까요?"

"시, 싫여…. 나는 다리 아퍼 못가…."

"걱정 마세요! 아, 휠체어 타면 되지…. 내가 신나게 밀어 드릴게요."

"휘체는 챙피해 …. 싫어 …."

어머니 눈에는 어느새 눈물이 그렁그렁하다.

"허참, 어머니도 챙피하기는. 여의도에 어머니 애인이라도 오신대요? 하하하 …. "

나의 웃음소리가 환풍기 바람에 날려 아파트 복도 끝까지 울렸을 것이다.

(2008년 3월 14일)

길(道)에서

헤어지지도
못하면서
몇 번이나 안녕을
말하였소
몇 번을 바라보며
상대의 눈물을
구경하였는지 머뭇머뭇…

지나온 길이 몇 정인지는
지금은 헤아릴 수 없지만
가지 말라 앞막아
잡지는 못하고
떠난다고 떠난다고
서두르기에
눈물을 감추오
크게 손을 흔드오….

(2006년 2월 9일)

하오(下午)의 결정(決定)

밤새워 달려온
태양의 사신들이
앞 다투어
네 자리 내 자리
차지하고 앉는다

나는 지금의
자락을 내주고
어디로 떠나야 할지
결정짓지 못하고
망설임에
가슴이 메어진다

그에게 왜 왔느냐고
물으면
나에게 왜 가느냐고
물을 것이니

결정짓지 못하는
나는 무명지 깨물어

핏빛이라도
보여야 하나
떠날 날 떠나지 못하는
하오의 결정이
또 한 번 통곡하느니.

(2004년 4월 14일)

창밖엔 바람이

어느 바보란 인간이
인생(人生)이란 촛불을 켜놓고
창문을 열었습니다
바람 한 점 없이
아주 밝은 대낮이기에
촛불은 신나게
타올랐습니다

그러나 날이 어둡자
세찬 바람이
창문 가득히 몰려들었습니다
촛불은 심하게 펄럭이며
종말을 고했습니다
바보는 서둘러
창문을 닫았습니다

그러나 창틈으로 새어드는
살바람은 기어이 촛불의 생명을
거두어 갔습니다
아! 어둠의 장막이여

바보는 언제 다시 촛불을 켜려나
언제 다시 거울에 비친
자화상을 그릴 수 있으려나….

(2007년 9월 10일)

아! 피, 그래 너 고맙다

6·25 피난지에서 수복한 다음해니까 내가 초등학교(당시는 국민학교) 6학년 때 일이다.

그렇게 그리던 서울이라고 찾아왔지만 폐허된 서울 거리는 텅 빈 채 군용트럭만 가끔 속력을 내고 달려가고 있을 뿐이었다. 우선 먹고 살 일이 암담하던 때이다. 쌀이라고는 한 톨도 구경할 수가 없었고 겨우 수수개떡이나 밀기울 죽, 아니면 양조장에서 막걸리를 거르고 남은 술재강을 끓여먹고 연명하던 때였다.

당시 일요일 새벽마다 서부이촌동 미군 부대 쓰레기장에서 한 깡통씩 배급 주던 꿀꿀이죽은 최고급요리였다. 꿀꿀이죽이라는 것은 삼각지 미군 부대에서 나오는 쓰레기 중에서 미군들이 먹다 남은 칠면조 고기나 빵 쪼가리, 버터 등을 넣고 끓인 죽이다.

이 죽을 타려고 수 십 명씩 장사진을 치고 서로 먼저 타려고 아우성을 치곤했는데, 나도 어머니와 새벽같이 달려가 제일 앞장을 서서 두레박 만드는 깡통에 담아주는 꿀꿀이죽을 타다가 온 가족이 맛있게 먹곤 했다. 그런데 먹고 난 빈 깡통을 파니 그것도 돈이 되는 것이었다. 그 깡통을 깨끗이 닦아서 용문시장 그릇 가게에 가지고 가니 개당 40원씩 을 주는 것이었다.

지금은 아파트와 빌딩이 밀집한 도시인 용산 서부이촌동은 그 당시 는 한강 백사장의 허허벌판이었는데, 당시는 한 팔이 잘려나가 쇠갈고 리 손을 한 상이군인이나 한 다리를 잃은 상이군인들이 미군 부대에서 실어오는 쓰레기를 모아서 정리하여 팔고 있었다.

나는 이 쓰레기장에서 두레박 만드는 2리터짜리 깡통을 하루에 10개 또는 20개씩 사다가 깨끗이 닦아서 용문시장에 팔곤 하는 깡통장수를 하고 있었다.

눈이 많이 내리는 크리스마스 이브였다. 나는 눈이 오니 오늘은 쉬 라는 어머니의 권고를 뿌리치고 학교에서 돌아온 즉시 출발하여 다른 날보다 일찍 깡통 20개를 사올 수 있었다.

"엄마! 밥 먹고 또 갈래요. 오늘은 싱싱한 놈들이 쌓였어요. 얼마든 지…."

"안 된다…. 눈도 많이 오고 좀 있으면 날이 어두울 텐데…."

그러나 나는 내일은 거기도 쉬는 날이니 오늘 두 몫을 해야 한다고 딸딸이 구루마를 끌고 나섰다.

쓰레기장에 도착했을 때는 이미 캄캄한 밤이었고 10명도 넘는 일꾼 들이 천막 안에서 술타령을 벌이고 있었다. 오늘은 틀렸구나 하고 돌아 가려다가 그래도 말이나 해보려고 마침 소변보러 나오는 아저씨에게 "아저씨, 깡통 스무 개만 더 사러 왔는데요. 헤헤헤…" 하고 사정하듯 말하였다.

"아이고! 이 꼬마 놈이 대단한 놈인데…. 이 추운 눈 오는 밤에…. 그래, 네 용기를 봐서 판다. 오늘은 크리스마스 선물로 네 마음대로 가져가라! 백 개고 천 개고…. 하하하…."

"네 아, 아저씨 정말 이야요? 정말 맘대로 가져 가두 돼요?…."

"그럼 이놈아. 어른이 애 데리고 거짓말 하냐? 어서 많이 실어 가거라…. 하하하…."

"네 아저씨, 고맙습니다…."

나는 웃으며 천막 안으로 들어가는 아저씨 뒤에 열 번도 더 큰절을 올리고 깡통을 싣기 시작하였다. '이럴 줄 알았으면 집에서 깡통 담는 큰 마대나 묶을 밧줄이라도 가져올 걸…' 하고 후회하며 현장에서 주울 수 있는 끈들로 얼기설기 묶어서 내 키보다 더 높게 욕심껏 60여 개의 깡통을 싣고, 있는 힘을 다하여 끌고 나섰다.

그때는 용산전자상가 자리는 욱천이라는 큰 개천이었는데 용산역 쪽으로는 아주 큰 둑이 있었다. 이 둑 위를 달달달 하고 얼마쯤 왔을 때 우르릉 하고 깡통더미가 무너지고 말았다.

"아이쿠, 이걸 어쩌지…. 휴…."

그러나 나는 있는 힘을 다하여 깡통들을 다시 주워 모아 얼기설기 묶었다. 한 시간 이상은 걸렸을 것이다. 온 몸에 힘이 쭉 빠져 곧 주저앉을 것 같았다.

하늘도 무심하시지. 이 어린 생명에게 이처럼 어려운 시련을 주시니. 겨우 다시 묶어서 몇 걸음 왔을 때 반대쪽에서 눈부신 헤드라이트를 앞세운 자동차가 질풍같이 달려오더니 홱 하고 지나가니 깡통 구루마는 뒤집히어 그 많은 깡통들이 삐라를 뿌려놓은 모양 둑 밑으로 흩어져 떼

굴떼굴 굴렀다.

"아이그! 이걸…. 이걸 어쩌지…. 흑흑흑…."

나는 주저앉아 흐느낄 수밖에 없었다. 누구 하나 도와주거나 위로해 줄 사람도 없는 무인고도에 끝없이 내리는 눈발은 점점 굵어지고, 바람

만 세차게 몰아치고 있었다.

한 없이 흐느껴 울고 있는 나의 눈앞에 어머니 얼굴이 떠올랐다.

'한용아, 어서 힘내라 힘을!….'

"응, 그래 엄마! 해야지 하고말고…. 응…."

있는 힘을 다 내어 다시 일어서 흩어진 깡통들을 주워 모으기 시작하였다. 그러나 20, 30미터 이상 둑비탈 밑에까지 쌓인 눈 위에 흩어져 있는 깡통을 줍는 것은 암담한 일이었다. 깡통을 세 개쯤 가슴에 안고 일어서면 눈 비탈에 쭉 미끄러지며 앞으로 폭 고꾸라진다. 안았던 깡통들은 비웃는 듯이 떼굴떼굴 더 멀리 굴러 도망갔다. 하는 수 없이 오른손에 단 한 개의 깡통을 들고 왼손으로는 땅을 짚고 기어오르는 수밖에 없었다. 고무신이 자꾸 벗겨지기에 고무신을 벗어놓고 구루마에 묶여 있던 끈을 가지고 내려가서 깡통을 4개씩 묶어서 끌어올리는 작업을 시작했을 때였다.

오른쪽 발바닥이 시큰하더니 잠시 후 따듯한 물기가 금방 양말 위로 솟아올랐다.

깨진 유리병에 발바닥을 벤 것이었다. 피! 피를 보자 나에게는 괴력 같은 힘이 솟았다.

이제는 여섯 개, 7개씩의 깡통을 묶어 올릴 수가 있었다.

"아! 피…. 피야 고맙다…. 흐흐, 흐흑…. 피가 나니까 힘이 나네…."

그러나 이걸 어쩌랴….

여섯 갠지, 일곱 개인지 묶은 깡통 뭉치가 어디에 걸렸는지 아무리 당겨도 올라오지를 않는다. 조금 쉬었다가 영차! 하고 잡아당긴 것이 줄이 뚝하고 끊어지면서 "윽!…. 아, 아이고…."

나는 비탈을 떼굴떼굴 공 모양 굴러서 언덕 밑 옹벽에 머리를 세게 부딪치고 정신을 잃고만 것이었다.

　그날 밤 어머니는 몸도 성치 못한 아들이 눈(雪)까지 퍼붓는 이 추운 밤에 늦게까지 안돌아오자 갖은 걱정 속에서 좌불안석하며 수없이 창 밖을 내다보며 발을 동동 굴렀다. 아버지는 동네 아저씨들과 어디서 한 잔 하시는 모양이고, 어린동생들 남매는 윗방에서 곤히 잠들어 있었다.

　당장 이촌동 쓰레기장으로 달려가고 싶었지만 어머니는 젖먹이 어린동생이 자고 있고 또 이 눈 오는 야밤에 무인지경인 욱천 둑길을 혼자 가기 엄두가 안 나서 '오겠지 오겠지, 조금만 조금만' 한 것이 밤 10시가 넘어서자 옷을 주워 입고 눈 오는 밤길을 나섰다. 추운 것도, 무서운 것도 모르고 단숨에 쓰레기장까지 헐레벌떡 달려갔을 때 쓰레기장 상이군인 아저씨들은 아직도 술타령이었는데 한 아저씨를 붙잡고 울며 "아저씨, 우리 아들이…. 우리 아들 못 보셨나요?" 하고 통사정하였다.

　"허허…. 꼬마 그놈이 벌써 두 시간 전에 깡통을 잔뜩 싫고 갔는디…. 아마 100개는 실었을 걸…."

　"아니지요. 그 애는 20개 값만 가져왔어요…."

　"글쎄, 20개 값 받고 100개고, 천 개고 실어가라고 했어요. 크리스마스 선물로 허허허…."

　"그래도 어떻게 100개를 그 어린 것이…. 그럼 이 애가 어딜 갔지…. 어딜…. 한용아! 한… 용… 아…."

　어머니는 내 이름을 목이 터져라 외치며 그 길을 세 번이나 오고갔으며, 세 번째 집에 와서는 아버지를 깨워서 용문동으로, 원효로로 또 효창공원으로 갈팡질팡 찾아 헤맸으며, 도원동 파출소에 신고까지 하였다는 것이다.

날이 훤히 새서야 욱천 둑길을 다시 달려가던 어머니와 아버지께서는 욱천 바닥에 쓰러져있는 나를 발견하고 "한용아! 한, 한…." 아버지는 나를 업고 달렸고, 어머니는 뒤따라 오시면서도 "아이그, 저 깡통은…. 구루마는 어쩌지…" 하시니까 아버지께서는 "아 지금 자식이 죽는데 그깟 놈의 깡통은…. 이 여편네가 정신 나갔나? 그 밤중에 어린 걸 혼자 보내고…. 쯧, 쯧…" 하시며 용산 시립병원으로 달려가셨다고 한다(당시 용산 시립병원은 지금 용산경찰서 자리였다).

주사 한 대를 맞고 잠에서 깨어난 나는 "엄마! 깡통은 다 가져 왔어요? 내 구루마랑?…" 하고 묻더란다.

(2008년 4월 6일)

명천래상(明天來上)

— 정동진 해돋이

크고 큰 산덩이 같은

구름이 첩첩 산중인양

떠오르는 태양을 막으니

헤치고 나오려 몸부림쳐도

거대한 철문인양 열리지 않았다

태양은 통곡하며 흐느끼며

더욱 뜨겁게 타 올라도

그것은 구름을 뚫고나온

홍황색의 무늬일 뿐이다.

태양과 구름은

억겁을 같이 싸워

이긴 날과 졌던 날들을

계산할 수 없으니

내일아침 밝은 날에

다시 오리라

굳게굳게 약속하며

바다 속 깊이 잠들고 있었다.

(2006년 7월 31일)

이인삼각(二人三脚)

— 화혼축시(華婚祝詩)

서설이 내린

첫 새벽을 지나

눈부신 현란한 태양이

은빛 보석을 뿌려놓은

대지에 비치니

하늘이 정해주신

천생연분 배필이

이인삼각(二人三脚) 장애물 경주를

시작했어요

한 사람은 '행' 자를

손에 들고

또 한 사람은 '복' 자를

손에 들었습니다

끝없이 펼쳐진

설원의 벌판에서

때로는 미끄러지고

때로는 실족하더라도

행여 낙망하지 마시고

한 사람의 손에 글자를
'사' 자로 바꾸고
또 한 사람의 글자는
'랑' 으로 바꾸어
철권처럼 굳게 쥐고
절대 놓지 마소서
이 세상 다하는 날까지….

(2007년 12월 2일 새벽)

※ 또 한 해가 저물어 금년의 끝마무리를 서두르는 12월의 첫날 우리 규방의 창설 멤버이자 재원이신 신수정(申秀貞) 양이 긴 터널을 나와 대명천지에 첫발을 내딛는 화촉을 밝혔습니다.

하여 월송(月松)은 결국 유(有)에서 무(無)로 가는 어떤 재화보다 비록 졸작이지만, 온 정성을 모아 글 한 편을 마련했습니다.

새 털 같은 앞날을 살아갈 신양과 부군의 인생행로에 만분의 일이라도 길라잡이가 되기를 비는 마음 간절합니다.

- 필자 도움말 -

무료 공개강의

안녕하십니까?

조선 중기의 문인이며 유명한 서예가이신 양사언(楊士彦) 님의 시조에

"태산이 높다 하되 하늘아래 뫼이로다.

오르고 또 오르면 못 오를 이 없건만

사람은 제 아니 오르고 뫼만 높다 하더라"

는 유명한 시조가 있습니다.

나는 이 시조를 한자에 비교하였습니다.

즉, **"한자가 어렵다 하되 이웃나라 중국의 글이로다.**

배우고 또 배우면 못 배울리 없건만

사람이 제 아니 배우고 한자만 어렵다 하더라."

한자는 절대 어려운 학문이 아닙니다. 한자의 길만 알고 이 길을 잘 찾아들어가서 조금만 노력하면 누구나 필요한 만큼의 한자를 쉽게 배

우고 익혀서 편리한 세상을 살 수가 있는 것입니다.

그래서 나는 '한문은 언문(諺文)이다' 라고 이름 지어 보았습니다.

이 언문이라는 언(諺)자는 '상말 언' 자인데 상말, 속된 말을 뜻하는 것입니다.

세종대왕께서 한글을 창제하셨을 때 중국을 대국이라고 사대사상에 젖어 살던 되지 못한 선비들이 한글을 업신여겨서 부르던 이름이지요.

물론 중국 사람들이 이 말을 들으면 굉장히 분노하겠지요. 그러나 한문이 한글보다 훨씬 쉬운 학문이라는 증거를 대볼까요?

우리 한글은 ㄱ, ㄴ, ㄷ, ㄹ, ㅁ, ㅂ, ㅅ, ㅇ… 등의 자음과 ㅏ, ㅑ, ㅓ, ㅕ, ㅜ, ㅠ… 등의 모음이 합쳐져야 글이 되고, 그 뜻도 나오게 됩니다.

그런데 한자는 아무리 간결한 글자 한 자라도 그 뜻이 있고, 소리가 나며 모양이 있습니다.

그러니 우리 한글보다 쉬울 수밖에요.

자 보실래요. 우리 한글에 'ㅣ' 자가 바로 한자로는 '뚫을 곤' 자입니다.

'ㅣ' 자 하나만 내려 그어놓으면 '곤' 이라는 글자이고, 그 뜻은 구멍을 뚫는다던지 사람이 많이 모인 곳을 뚫고 들어간다는 뜻이 되는 것입니다.

또 'ㅁ' 자는 어떻고요. 요놈이 한자로는 '입 구(口)' 자입니다. 'ㅁ' 자 하나로는 우리 한글은 아무런 뜻이 없습니다. 반드시 모음의 'ㅣ', 'ㅏ', 'ㅜ' 라도 갖다가 붙여야 '미', '마', '무' 등의 뜻이 나오는 글자가 됩니다. 그런데 한자는 '口' 자 하나로 단번에 '입으로 먹어라! 또는 입으로 말하라!' 의 뜻을 전달할 수 있는 것입니다.

우리 한글의 입자를 쓰려면 자음의 'ㅇ' 에 모음 'ㅣ' 를 붙이고 또 세

번째로 'ㅂ'의 받임 자를 갖다 붙여야 '입'이라는 글자가 나옵니다. 그
런데도 '입' 자 하나만 써놓고는 단번에 그 뜻을 알 수가 없는 것입니
다. 밥 먹고 말하는 입(口)인지, 돈이 들어왔다는 입(入)인지, 서 있으라
는 입(立)인지 알 수가 없는 것입니다. 한글은 반드시 앞, 뒤에 글이 붙
어야 알 수 있는 것입니다. 밥 먹는 입이라든지, 돈이 들어온 입금이라
든지, 입장, 또는 입지….

이러하니 내가 한자를 언문이라고 이름 지었지요.

다음은 나는 또 한자를 주어 '모데기 글'이라고 이름 지어 보았습
니다.

왜냐? 우선 가장 쉬운 부수 자를 다섯 글자만 배워볼까요.

앞에서 배운 'ㅣ'자는 '뚫을 곤'자라고 아시지요?

다음에 배울 글자는 옆으로 그은 '一' '한 일' 자.

다음은 '丶' 점 하나 찍어놓은 불똥 주자.

다음은 왼쪽으로 삐친 'ノ' '삐칠 별' 자.

다음은 오른쪽으로 삐친 '丶' '파임 불' 자.

이렇게 다섯 글자만 배우고 주어 모데 볼까요?

첫 번째 '한 일' 자에 '뚫을 곤' 자를 보태면 '十' '열 십' 자가 됩니다.

이 열 십 '十' 자 위쪽에 삐칠 별 'ノ' 하나만 붙이면 그 백배인 '일천 천' '千.'

이 열 십 '十' 자에 위 양쪽에 '불똥 주' 자 2개의 점을 찍고 밑에는 양쪽으로 'ノ' '삐칠 별' 자와 '丶' '파임 불' 자를 붙여서 오늘 배운 다섯 글자를 모두 주어 모데면 무슨 글자가 되느냐? 바로 우리가 밥 먹고 사는 '쌀 미' '米' 자가 됩니다.

다음은 '삐칠 별' 자 'ノ'와 '파임 불' 자 '丶'를 나란히 모데면 '여덟 팔' '八' 자, '사람 인' '人' 자, '들 입' '入' 자와 같이 조금씩 다른 글자들이 탄생합니다. 물론 배워야 할 우리는 글을 쓸 때 조심해서 각기 다르게 정확히 배워야 하지만 주어 모덴 것은 틀림없는 사실입니다.

가령 '여덟 사람이 안으로 들어왔다' 라는 글을 한자로 쓰면 '八人入' 이라고 써야 할 텐데 획수나 주어 모덴 것은 모두 같지만 분명히 모두 다른 세 글자가 아닌가요?

또 '한 일' '一' 자 두 개를 모데면 '두 이' '二' 자이고, 셋을 모데면 '석 삼' '三' 자이고, '석 삼' '三' 자 안에 꼭 맞는 '뚫을 곤' 'l' 자를 넣으면 '임금 왕' '王' 자가 되고, '임금 왕' '王' 자 옆구리에 '불똥 주' '丶' 하나만 모데면 '구술 옥' '玉' 자, 또 '불똥 주' '丶'를 위쪽에 정확히 모데면 '주인 주' '主' 자가 됩니다.

이렇게 주어 모데기만 하면 천 자고, 만 자고 안 되는 글자가 없으니 주어 모데기 글자라고 이름 지어 본 것입니다. 오늘은 이것으로 제 강의를 마치겠습니다.

(2007년 5월 20일)

※ 2007년 초하에 막내딸이 임차하였던 강의실이 갑작스러운 이전으로 비어있게 되어 필자가 한자 무료 공개강의를 개최한 바 있는데, 당시의 강의 문을 여기에 옮긴다.

- 필자 도움말 -

한자공부 (口, 呂, 回, 舌)

  내 학교 후배 중에 한 친구는 혼자 여행하는 '독고여행'을 좋아하는 놈이 있습니다.

  이 친구가 연휴인 주말에 중국 어느 도시로 여행을 가서 허름한 삼류 호텔에 들었는데 룸서비스 아가씨가 한국말을 못하는지 메모판을 내밀더래요.

  메모지에는 세 줄의 글이 써있는데 제일 윗줄은 영어이고, 다음 줄은 일본어이고, 셋째 줄에 한글로 '필요한 것을 적어주십시오. 친절히 모시겠습니다'라고 써있더래요. 그래서 방을 둘러보니 침대에는 이불도 있고 먹을 물도 있으니 필요한 게 별로 없더래요. 그래서 필요한 것 없다고 메모판을 그냥 돌려주려다가 이 아가씨 얼굴을 보니 인물은 별로 인데 입술이 아주 매혹적이더래요. 이놈이 갑자기 장난기가 돌아서 메모판에 큼직한 글씨로 '음률 여' '呂'자 한자를 써주었대요. '성 여' '呂'자라고도 하는 이 자는 당신과 키스를 하고 싶다는 뜻이래요.

이 중국 아가씨가 메모판을 보더니 당장 얼굴이 빨개지면서 '자기하고냐?'고 묻더래요. 그렇다고 머리를 끄덕였더니 이 아가씨가 손가락 하나를 펴면서 돈을 먼저 내라는 시늉을 하더래요.

(아이 싼데, 10위안이면…. 당시 중국 돈 10위안이면 우리 돈으로 천오백 원쯤 되니 중국의 물가가 싸다 해도 키스 한 번에 천오백 원이면 너무 싸구나 하고 10위안짜리 지폐를 내줬대요. 그런데 이 아가씨가 손을 절래 절래 저으면서 열손 가락을 다 펴보이더래요. 그러면 그렇지…. 키스 한번에 만 오천 원이라…. 아깝지만 하는 수 없이 100위안 짜리 지폐를 냈다나요. 그런데 이 아가씨가 키스를 해줄 생각은 않고 메모지 '음률 여' '呂' 옆에 '돌 회' '回' 한자를 써서 보이며 100위안을 더 내라고 다시 손가락 열 개를 펴 보이며 뭐라 뭐라 중국말로 '쏼라 쏼라' 하더래요. 그녀가 하는 말은 아마 '성 여' '呂' 자는 글자 모양대로 입술과 입술을 살짝 대는 우리네 '뽀뽀' 정도를 말하고, '돌 회' '回' 자는 글자모양 그대로 입속에 입이 들어간다는 뜻이니 좀 더 진한 입맞춤을 이야기한다는 뜻일 텐데 이 친구는 그 말을 못 알아들으니 안 되지. 네 입은 적고 내 입은 크다고 '돌 회' 자를 써놓고 돈을 더블로 내라니! "안하겠다"고 돈을 다시 돌려달라고 호통을 쳤대요.

그랬더니 이 아가씨가 이번에는 그 옆에 다시 '혀 설' '舌' 자를 써

보이며 사정하더라나요.

이 친구는 이 '혀 설' '舌' 자가 얼른 생각이 안 나고 '일천 천' '千' 자에 '입 구' '口' 자 두 자로 보고 하는 말이,

"야! 어떻게 키스를 천 번이나 하니! 입술이 다 달아 터지겠다."

그랬더니 이 여자가 자기 혀를 내밀면서 한참동안이나 중국말로 설명하더래요.

"아! 그러니까 좀 더 찐한 키스를 해준다 이 말이군. 맞아…. 이게 千, 口라는 두 글자가 아니고 '혀 설' '舌' 자. 하하하…. 언제 '혀 설' 자를 보기나 했나…."

하는 수 없이 100위안을 다주고 중국 아가씨와 아주 찐한 키스를 하고 돌아왔다고 합니다.

(2007년 5월 21일)

흔들리는 이민(移民)

나라가 어지러우니
모두들 서둘러
이민을 떠난다
6·25도 아니고
새 난리도 아닌데
모두들 충혈된 눈으로
봇짐을 싼다

비행기도 흔들리고
피난 봇짐도 흔들린다
아빠 마음도 흔들리고
엄마의 귀걸이도 흔들린다
바라보는 아들, 딸의 마음도
콩닥콩닥 방아 찧는다
눈마다 눈물이 맺혀 흐른다

밉고도 고왔던 고국이여
이제 가면 언제 오려나
손마디 짚어본다
인간 생 모두가 사는 곳이

고향인데 떠난들 잊으랴
나를 낳고, 길러준 고국산천을 등지려니
흔들린다 흔들려! 눈물의 이민이여….

(2006년 8월 26일)

강 건너 풍경

강은 깊고 파랗게
그리고 느릿느릿
흘러가지만
건너야 할
뜀박질 연습은
뚜렷이 하고 있다
거기에 희망이 보이니

강 건너 추색 짙은
야산에는
옷깃을 여민 여인들이
이리가고 저리오고
먼저 가신
낭군님 묘소에
성묘라도 오신 것인가

긴 사랑의
대화를 속삭이는
강물의 음성을
강물의 노래를

듣고나 있는가
아니, 마음에 한가득
담아나 갈려나.

(2003년 11월 6일)

긴급제안 - 나도 국민입니다

나도 국민입니다.

국민이라면 누구든지 국가나, 사회나, 어떠한 기관에 대하여 말을 할 수가 있어야 합니다. 진정한 애국자라면 참다운 제언을 할 수 있는 국민이라고 감히 주장하는 바입니다. 평범한 택시운전기사 한 분이 국가에 50여 건의 아이디어를 제안했는데 그중에서 20여 건이 채택되어 국가 사회에 이바지한 바 있답니다. 예를 들면 건널목 몇 m 전에 흰색 선을 그려 넣어 교통사고 방지에 효과를 보게 되는 등등….

저도 20, 30년 전에는 몇 가지 제언이 받아들여져서 상금도 받고 했던 적이 있습니다. 예를 들면 〈한국일보〉 독자란을 이용하여 전국 관공서에 담을 없애자던지, 관공서 내에 테니스장 등 운동시설을 없애자는 등….

여기에 그동안 본인이 국가 기관에 제출하였던 제안서 중 몇 편을 골라서 싣습니다.

- ▣ 늘 비어있는 방범초소 골목길 통행만 방해
- ▣ 가정에도 소화기 설치 법제화해야
- ▣ 피(血) 부족의 난은 피(避)할 수 있습니다
- ▣ 두 마리 토끼를!
- ▣ 국민체육증권의 발행을…
- ▣ 주 5일 근무와 의무 주말농장제
- ▣ '조상의 날(숭조일)'을 만들자

늘 비어있는 방범초소 골목길 통행만 방해

　서울 용산구의 한 초등학교 정문 앞에는 보기흉한 방범초소 한 채가 도로를 3분의 1쯤이나 차지하고 서있다. 날로 심각해지는 학교 주변의 폭력배 등 범죄예방을 위하여 몇 년 전 관내 파출소가 세워 놓았으나 너무 크고 흉하다. 그러나 그 건물이 세워지기만 했을 뿐 한 번도 경찰관이나 방범대원이 근무하는 모습을 보지 못했다. 야간에 빨간불만 켜진 채 내부에는 먼지가 뽀얗게 쌓여있을 뿐이다.

　결국은 무인 방범경고용인 모양인데 이렇게 길을 막고 방치해 놓을 필요가 있을까? 어째서 경고용 전등 하나를 켜놓기 위해 사방 2m가 넘는 방범초소가 필요한지 이해가 안 된다. 이 방범초소는 도시 주택가마다 설치돼 있는 상태다.

　일반 시민은 승용차 한 대를 잠시만 주차해 놓아도 3만 원 이상의 벌금을 물어야 하는데 아무 쓸모도 없는 방범초소를 세워 통행과 주차에 지장을 주는 이유를 알 수 없다. 차량이나 오토바이로 얼마든지 순찰하며 방범근무를 할 수 있으므로 예전에 세워 놓은 방범초소는 없애거나 경고등만 켜놓을 정도로 축소돼야 마땅하다고 본다.

〈동아일보〉 1996년 1월

가정에도 소화기 설치 법제화해야

화재는 천 가지 이유를 댄다 해도 인재라고 단언하지 않을 수 없다. 조그만 부주의나 실수로 화재가 발생했을 때 과연 전 국민의 몇 퍼센트나 신속하게 대처하고 소화기를 제대로 사용하여 진화할 수 있겠는가?

우리 국민 누구나 한글을 깨우치듯이 소화기 하나 정도는 사용할 수 있도록 생활화해야 할 것이다. 초등학교 고학년이 되면 과외 활동이나 특별 활동 시간에 교육용 소화기를 제조하여 실기 교육을 시키고 그 교육 필증을 졸업장에 첨부하여 중학교 입시 자격증화한다면, 중·고등학교나 대학은 물론이고 반상회에서나 직장, 사회단체 어디서라도 소정의 방화 교육을 시키고 그 교육 필증을 학생증이나 주민등록증에 첨부해 유효한 증명이 되도록 의무화한다면 문화 국민의 긍지를 심는 데도 일조할 수 있을 것이다.

이제는 소화기도 좀 더 연구하고 획기적인 발전을 거듭해야겠다. 컴퓨터로 작동하여 불이 나면 자동으로 단번에 씻은 듯이 소화할 수 있는 명물은 언제나 탄생할 것인가 기다려진다. 좀 더 실용적이고 모양 좋게 여러 형태의 소화기를 만들어 보자. 가정이나 사무실에 놓는 소파 밑동이 소화기, 화분 받침 소화기, 응접탁자나 식탁의 다리를 떼면 바로 소화기가 되고, 벽에 거는 벽시계가 겉은 시계이고 뒤는 소화기라면 어떨까? 장롱 중에 가운데 서랍 하나는 소화기라면 자리도 차지하지 않고 각 가정의 안방에 훌륭한 소화기를 설치한 것이니 금상첨화일 것이다.

싱크대 위 칸에 설치된 소화기, 사무실이나 점포도 마찬가지다. 좋은 그림이 붙은 소화기를 만들어 걸어놓고 볼 때마다 '불조심'을 결심하자.

지금은 소화기의 설치를 완전히 의무화·법제화하여 설치 의무를 태만히 하거나 소유하지 않는 자는 처벌해야 한다. 각 가정마다 최소 한 개의 소화기는 의무적으로 소유해야 되고, 사무실은 몇 평에 한 개, 점포는 몇 평에 한 개 하는 등의 설치를 의무화해야 할 것이다.

전국 소방서에서 5천명쯤의 아르바이트 학생을 모집하여 방화 교육을 시킨 후 전국의 가정과 사무실에 소화기를 보급, 관리하고 소방 교육을 시키도록 한다면 일거양득이 되리라 생각한다.

(월간 〈한국인〉 1996년 3월호)

피(血) 부족의 난은 피(避)할 수 있습니다

1. 기름과 같은 것들은 지하자원이 없어서 엄청난 비용을 들여 수입한다지만 사람의 몸속에 늘 흐르고 있는 피, 즉 혈액이 부족하여 해마다 엄청난 비용을 들여서 수입을 해야 하고, 고귀한 생명이 위험에 처한다는 것은 무언가 정책적으로 많이 잘못된 것이 아닐까요?

2. 따라서 국민의 생명을 담보하는 소중한 혈액의 보충을 꼭 우리 국민이 싫어하는 헌혈(獻血)에만 의지할 필요가 없다고 생각합니다. 의무수혈 제도를 만들어서 군에 입대하는 장병은 입영 전에 의무적으로 채혈을 하게 한다든지, 대학에 입학하는 학생에게 자축헌혈(自祝獻血)을 의무화할 수도 있을 것입니다.

3. 또한 어떠한 범칙행위자에게 벌금을 물릴 때에 일정양의 의무 채혈을 병과하는 제도를 만들면 어떨까요? 가령 운전자가 ‘신호위반’, ‘중앙선침범’, ‘속도위반’ 등으로 스티커를 발부할 때 벌금 몇 만 원에 헌혈 1회 등의 벌칙을 만든다면 헌혈하기 싫어서 교통법규를 지킬 터이니 일거양득의 정책입니다.

4. 꼭 거지 동냥하듯이 길거리에서 헌혈버스 도우미 아줌마들이 헌

혈을 구걸하지 않아도 몇 가지 연구만 하여 실행하면 절대로 어불성설인 혈액 부족의 난(難)은 피할 수 있음은 물론이고, 오히려 혈액이 남아서 수출도 하여 외화획득도 할 수 있을 것입니다.

두 마리 토끼를!

1. 가정에서의 물(水) 절약과 오수처리의 두 가지 문제 해결의 방안을 건의하고자 하나이다. 이 건은 아파트 등 집을 지을 때 약간의 설계만 변경하면 쉽게 처리될 수 있는 간단한 방법입니다. 즉, 화장실만 2층으로 설계하면 됩니다. 또한 싱크대의 하수구도 화장실 변기의 정화조로 가는 하수구와 연결해야지요.

2. 화장실을 2층으로 설계하여 1층에는 한쪽 구석에 변기만 설치하고 2층으로 올라가는 계단을 만들고 2층에 세면기, 샤워기, 욕조, 세탁기 등을 설치하여 쓰고 난 물은 모두 1층의 남는 공간에 설치한 옥내 정화조 및 물탱크로 들어가도록 공사하면 됩니다.

3. 즉, 화장실 1층에 화장실 2층에서 한 번 사용한 물이 모두 들어가는 정화조 및 물탱크를 설치하여 이 물이 변기로 들어가도록 설치하고 또 물탱크에 수도 가랑을 달아서 그 물로 청소, 화분 물주기 등 허드렛물로 쓴다면 엄청난 물이 절약될 것은 물론이고, 전국의 가정에서 버려지는 물은 모두 정화되어 배출하게 될 것입니다.

4. 아무리 높은 아파트라도 옥상에 승강기 기계실 모양의 적은 부분만 한층 높아지게 되는 것이며, 신축 건물은 애초에 설계과정에서

하기 때문에 큰 비용이 많이 들지 않을 것이며, 기존 주택이나 아파트에 설치하려면 상당한 비용이 들겠지만 영구적인 절약의 물 값에 비하면 획기적인 방안입니다.

5. 물론 싱크대 물까지 정화해야 하는 기존의 정화조 청소의 기간이 짧아질 것이며, 화장실에 설치하는 옥내 정하조의 청소도 매년 몇 번씩 해야 하는 번거로움이 있겠지만 전 국민이 두 마리 토끼를 앉아서 잡는데 이러한 수고쯤이야 당연한 것입니다.

6. 화장실을 2층으로 하지 않고 조금 넓게 만들고, 그 안에 한 번 사용한 물이 탱크에 받아지고, 그물을 변기 및 허드렛물로 쓸 수 있는 시설을 만들어도 될 수 있습니다.

국민체육증권의 발행을 …

1. 국민체육증권의 발행을 건의합니다. 스포츠 중계를 시청하다보면 야구, 농구, 축구 … 등 모두가 관람석이 텅텅 빈 것을 자주 보게 됩니다. 뿐만 아니라 월드컵 때 만들어진 훌륭한 전국의 운동장들이 매년 엄청난 관리비에 허덕인다고 합니다.

2. 따라서 월드컵 때의 열기처럼은 아니더라도 최소한 운동장까지 관람객을 불러올 수 있는 동기를 만들어야 합니다. 그러자면 무슨 거창한 선전보다는 국민 누구나, 어느 때고, 어느 경기든 관람할 수 있는 입장권이 수중에 있다면 아주 쉽게 운동장으로 발길을 돌릴 수 있을 것입니다.

3. 현행 문화상품권 소지자가 극장이나 각종 공연을 관람하듯이 체육 관계 부처에서는 체육증권을 10,000원, 20,000원… 등 증권을 발행하여 국민 누구나가 소지하고 있다가 전국 어느 운동장의 어느 경기라도 관람할 수 있도록 일반화하면 몇 갑절 활성화될 것입니다.

4. 문화상품권처럼 상품 등으로 나누어 주는 방법이나 전국 어디서나 매입할 수 있도록 하고 기념품, 답례품, 선전품… 등으로 활용

할 수 있도록 범국민운동을 펼쳐서 운동경기 관람을 TV 시청으로 대리만족에서 끝내는 관람객들을 운동장으로 불러내야 합니다.

5. 국민체육증권을 일반 업체에서 상장주식으로 발행하여 당시의 주가로 받아주고, 남는 돈을 거슬러주는 증권을 만들면 어떨까요. 주식이 오르면 한 장으로 온 가족이 축구경기를 관람하고 점심 식사비를 거스름돈으로 할 수 있는 '체육중흥' 의 나라를 보고 싶습니다.

주 5일 근무와 의무 주말농장제

1. 머지않아 전 근로자에게 주 5일 근무제가 실시된다면 2일간 편안히 쉰다고 꼭 좋게만 생각할 일이 아닙니다. 차차 쉬는 2일간이 무료하고 지루해 질 것이며, 가족 나들이, 여행, 취미생활… 등 엄청난 과소비만 부채질할 것이며, 이로 인하여 가정이 불행해 질 수도 있는 일입니다.

2. 반면에 지금 농촌은 젊은이들이 모두 빠져나가고 환 · 진갑 다 지난 노인들만 남아서 갖은 고생을 다하며 죽지 못해 농사를 짓고 있으며, 황금 같은 농장을 그냥 놀리는 휴경 농지가 해마다 늘어간다는 안타까운 실정입니다. 어느 국민이 농민이 피땀 흘려 지은 쌀밥을 먹지 않고 사는가?

3. 따라서 전 근로자에게 주 5일 근무제를 실시하려면 국방의 의무, 납세의 의무처럼 근로자 1인당 몇 평 이상의 주말 농장을 경작하도록 의무화할 것을 제안하는 바입니다. 가령 천 만 명의 근로자에게 1인당 10평씩만 의무적으로 농사를 짓게 한다면 1억 평의 농지가 푸르게 될 것이며, 엄청난 수입증대가 이루어 질 것입니다.

4. 한동안 농협이나 농민단체, 또는 어느 개인이 주말농장을 경영한

바 있고 지금도 있지만, 신청한 사람들이 한두 번 다녀가고는 포기하고 마는 사례가 많다고 합니다. 이는 그냥 취미나 재미 또는 경험삼아 해보려다 한두 번 해보니 재미도 없고 노력에 비하여 별 소득이 없으니 그런 것입니다.

5. 의무(義務)가 너무 많은 국민은 공산당 같은 독재 국가일 것이고, 의무가 너무 없는 국민은 나태해지고 게을러져서 국가의 발전이 늦어지며, 발전하는 복지국가의 건설은 요원할 것입니다. 이 안의 '의무 농장제' 를 법제화한다면 일거양득, 아니 일거다득의 효과를 발휘할 수 있으리라 감히 제안하는 바입니다.

'조상의 날(숭조일)'을 만들자

1. 4대 봉사! 고조부까지의 기제사를 올리느라고 일 년에 많게는 20
   회 이상, 적어도 매월 한차례 이상은 기제사(忌祭祀)를 지내느라
   고 많은 비용과 시간을 낭비하고 고생하는 집안이 많습니다. 더구
   나 소득 수준이 낮은 농어촌에서 더 많습니다.

2. 이제 이러한 지나친 허례허식은 차차 정리해 나가는 방안을 강구
   해 나가는 것이 국가 발전의 초석이 되리라 사료되어 감히 제안하
   는 바입니다. 어느 집안이고 '조상의 날' 또는 '숭조일(崇祖日)',
   아니면 '보본제일(報本祭日)' 등의 명칭으로 일 년에 하루만 합동
   제삿날을 만들어 시행하면 될 것입니다.

3. 가령 고조부 제삿날을 1년 1회 숭조일로 정하고, 이날 고조, 증조,
   조부, 부모, 형, 처… 등의 순서로 위폐, 지방, 사진 등을 바꾸고
   포, 메, 탕 등만 제상에서 바꾸고, 정성껏 제사를 지내도록 정부에
   서는 적극 권장하고 상, 벌의 규칙을 정하여 엄격히 시행할 것을
   제안하는 바입니다.

4. 억지로 성의 없이 형식적으로 귀찮은 허식의 제사보다는 이렇게
   그 집안의 행사로 형제, 자매, 친척들이 모여서 자손들에게 숭조

의 뜻을 가르치고 우애와 화합의 시간을 갖도록 하는 것이 시대적
으로 맞는 제례형식이 될 것입니다.

5. 제(祭) 일이 잦으니 바쁜 생활에 다 참여할 수도 없어 오히려 부담
   만 가고, 집안간에 우애가 깨지며, 서로 싸움만 만들어 불편한 집
   안이 되고, 심지어 의리를 끊는 부자, 형제간이 되는 일도 있다니
   이 얼마나 안타까운 일입니까?

6. 국가는 국민의 가정이 화평하도록 이끄는 것이 절체절명의 과제
   입니다. 불행한 가정의 국민을 이끌고 복지국가의 앞날을 꿈꾸는
   것은 글자 그대로 허황된 꿈일 것입니다.